漱石の愛した絵はがき

漱石の愛した絵はがき

中島国彦
長島裕子
編

岩波書店

はじめに——漱石宛絵はがきの魅力

絵はがきという小宇宙

長島裕子

「小生は人に手紙をかく事と人から手紙をもらふ事が大すきである」——漱石は森田草平宛の手紙（明治三十九年一月七日）に、こう記している。漱石は手紙が好きだった。そして、この手紙のなかには、もちろん「はがき」も入っている。

漱石が書いた手紙は二千五百通余りが確認されている。しかし、もらうのが好きだったにもかかわらず、漱石が受け取った手紙は、そのほとんどが残されていないようだ。小宮豊隆《こみやとよたか》の『夏目漱石』（岩波書店、昭和十三年）には、「漱石は引越しをする度に、それまでに自分の所へ来た手紙の大部分を焚《や》いてしまふ事にしてゐたやうであるが、この時（早稲田南町への転居）もそれを庭に積んで焼かせた。其所《そこ》へ寺田寅彦が這入《はい》つて来て、焚けて行く手紙を残り惜しさうに眺めてゐた事を、私は今に忘れない」と記されている。そのなかで、正岡子規からの手紙は何通も残されている。特別に手元に残した手紙という漱石の意識が、そこに感じられる。子規から漱石に宛てた最後の手紙は、ロンドンからの帰国時、「筐底《きょうてい》」に持ち帰り、『吾輩ハ猫デアル』中編の序に、その全文が引用されている。漱石が持ち帰った手紙のなかには、「御覧遊ばしたら破いて下さい」と書かれていた、妻鏡子からの手紙（明治三十四年四月十二日）も残っている。しかし、これらは少数の例に属する。

一方、漱石の没後「数百枚」の絵はがきが残されていたことは、昭和九年の松岡譲《まつおかゆずる》の文章によって知られていたが、ごく一部が公開されたことはあっても、その絵はがき群を目の当たりにする機会はなかった。本書に収録した絵はがきは、岩波書店に伝わる三百通余りの約三分の一である。これらの絵はがきが、漱石の手元に保存されていたことを思うと、不思議な気持ちになる。封筒に入った巻紙、便箋《びんせん》のいずれでもなく、残されていたのは、絵はがきなのである。なるほど、絵はがきは誰が見ても差し支えないものにちがいない。小さく一定の大きさで、かさばらない。何より、「絵」がある。外国の珍しい風景や、国内各地の写真がある。美しい図案がある。自筆の絵に彩られたものがある。漱石は、絵はがきが好きであった。アメリカから送られてきた渡辺伝右衛門の絵はがきを喜び、「私は此《この》絵葉がきが大すきで机の上へ置いて眺めて居ます」と書いた手紙（渡辺和太郎宛、明治三十八年二月十七日）が残っている。

留学先のイギリスに到着する前に一週間を過ごしたパリで、漱石は、芳賀矢一《はがやいち》、藤代禎輔《ふじしろていすけ》らとエッフェル塔に昇った。芳賀・藤代の二人はそれぞれ、最上階の展望台から記念の絵はがきを出したと、日記や回想に記しているが、漱石は、パリ到着後の様子を伝える鏡子への長い手紙（明治三十三年十月二十三日）の一節に、「名高キ「エフエル」塔ノ上ニ登リテ」と書いている。展望台からの絵はがきは出さなかったのかもしれない。しかし、漱石もイギリス留学時には友人や家族に絵はがきを送っている。東北大学附属図書館には、Raphael Tuke & Sons 社のロンドンの風景絵はがきが十二枚セットで入っていた封筒が残されている。ロンドンから漱石が出した絵はがきでは、シティの建物とその前の広場が描かれている正岡子規宛のもの（同年十二月二十六日、正岡明氏蔵、左図版参照）が知られており、ほかに芳賀矢一や立花銑三郎宛も確認される。いずれも、Raphael Tuke & Sons 社のものである。絵はがきを送ったと書かれている漱石の日記や手紙もいくつかあり、子規には十二枚を送ったとある。

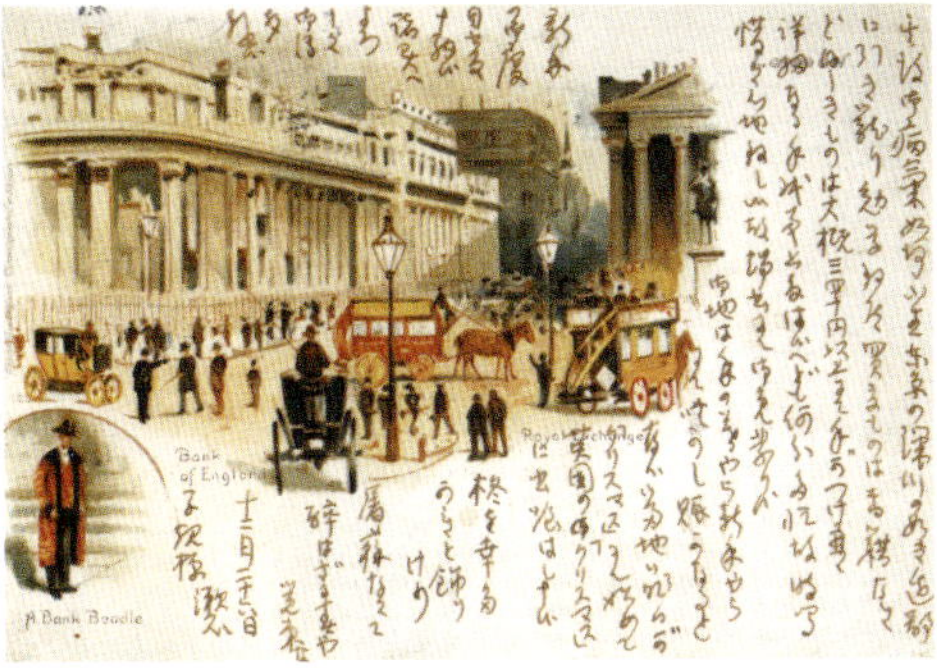

絵はがきは、それ自体がプレゼントでもあったのだ。

　漱石のもとに届いた絵はがきは、漱石をとりまく人びとによって構成された一つの小宇宙となっている。漱石はこのような人びとに遠く近くに囲まれて過ごしていたのだということが、一目でわかる。同窓の友人、教え子、作家や新聞人ら文筆に携わる人びと、見知らぬ読者たち、そして家族——さまざまな書き手から漱石に向けられた思いの数々が、それぞれの手蹟、選ばれた絵柄を通して伝わってくる。一種、胸のつまるような気持ちがする。絵はがきの束は、漱石が実際に生きていた時間があったことを証明するかのようである。これらの絵はがきをもらった人としての漱石が、浮かび上がる。それぞれの人にとって、友人であり、先生であり、仲間であり、愛読する作家であり、そして父である漱石。

その人たちにとって漱石がどのような存在であったのかが、そこには映されている。当然、親疎もある。漱石はそれら一人一人の思いに応える存在であったのだ。

松山での中学の教え子には、松根東洋城《まつねとうようじょう》がいる。五高には、寺田寅彦、橋口貢《はしぐちみつぎ》、野間真綱《のまマつな》ら、専門や学年の違う教え子たちがいる。イギリス留学からの帰国後、一高と東京帝国大学文科大学で、漱石に出会った学生たち。多くの若い人びとが、卒業後も漱石の家を訪れ、また近況を知らせている。

漱石が作品を書くと、その感想を寄せる者がある。猫の絵はがきを自ら描く者、猫の絵はがきを買い求めて書き送る者がいる。帰省の途中、立ち寄った街の本屋に、漱石の作品が置かれているかを確かめる者がいる。海外からは、家族の送ってきた新聞の切抜きで、連載中の作品に触れた喜びを知らせる者がある。イギリスでゆかりの場所に立ち、漱石の授業や作品を思い出して記す者がいる。

修善寺での病床にある漱石、入院中の漱石を慰めるには、絵はがきは格好のものであった。年ごとの年賀状もある。旅先の珍しい風景や写真や絵は、絵はがきそのものが目を楽しませる。見知らぬ土地の景色に触れることができる。あるときは、漱石が、絵はがきを送ってほしいと頼んだりしている。漱石も自ら買った絵はがきを、保存していたようである。

小さな一葉の絵はがきには、そこにこめられたドラマがある。漱石を思う気持ちが詰まっている。なぜ、漱石は絵はがきを保存していたのであろうか。手紙ほど多くのことが書けない絵はがきは、むしろ、純粋に思いを託すことができるものであったのかもしれない。どこから出された絵はがきにも、ここから漱石に出そうという気持ちが、その限られた面積に凝縮されている。

明治の絵はがきブームと、漱石宛絵はがきの世界

中島国彦

漱石の『明暗』の冒頭近く、津田は大阪の父に向かって、「ラヱンダー色の紙と封筒」でペン書きの手紙を出そうとする。きちんとした用件なら、そのころは巻紙に毛筆だった。津田はいやいや巻紙に毛筆を走らせる。言葉を盛る道具によって、心情も変化する。巻紙でなくとも封書であるのとはがきであるのとでは、書く意識や受け取った印象が微妙に違ってくるだろう。郵便はがきは安価で簡便であり、新しい時代の道具として歓迎された。明治六年から日本でも発行され、当初の二つ折りから今と同じ一枚のものに改められたのち、明治三十三年からは、私製はがきの発行も認められるようになった。雑誌がきれいな絵はがきを付録につけたり、趣向を凝らした絵はがきを発行する業者も多くなった。明治の絵はがきブームが、そこから生まれる。明治三十七年には雑誌『ハガキ文学』も創刊される。

田山花袋の『田舎教師』(明治四十二年)は日露戦争前の青年男女の生態を取り込んだ作品だが、女学生が雑誌に挟み込まれているきれいな絵はがきで、友人同士のやりとりをしたりする。おのずと書く内容や文体も、それまでの堅苦しいものとは幾分違っているわけだ。呼びかけ調の言文一致が主流で、樋口一葉が書いた女性手紙文例集の『通俗書簡文』(明治二十九年)の言葉とは、まったく違った世界で

ある。さらに、それらの絵はがきを描いた画家の影響もあり、水彩画が流行したのも大きかった。外国に滞在し、その土地の絵はがきやクリスマスカードの美しさに驚いた巌谷《いわや》小波《さざなみ》らの情報から、丸善など海外の絵はがきを取りそろえる店も出た。さらに日露戦争がその動きを助長した。絵はがきの時代とも言えるこの時期の文化状況については、すでに橋爪紳也『絵はがき100年』（朝日選書、二〇〇六年）や、細馬宏通『絵はがきの時代』（青土社、二〇〇六年）などに詳しい。近代の絵はがきを通覧する展覧会も、たびたび開かれている。

漱石がそうした絵はがきブームのなかで、自筆水彩絵はがきを書いて親しい教え子に送ったのは、『吾輩は猫である』を執筆する直前の明治三十七年からである。小さな絵はがきの空間で、漱石は心情を掻《か》き立て、人物も風景や器物も、現実をリアルに描くというより、アモルフな色彩空間の中で不思議な存在感を示している。漱石に絵はがきの形で返信したり、折からの「猫」の世界に反応して、猫を描いた絵はがきが届いたりする。色々な人からの絵はがきを好んでとっておく習慣がついたのは、このころである。漱石のもとに届けられた多くの手紙は、引っ越しなどの折、漱石みずからが焼却していたと言われるが、不思議と絵はがき類は手元に残されていた。ビジュアルな世界への漱石の思い、その小宇宙から思い出される人や土地とのつながりが、そうさせたのであろう。漱石が描く絵画の中心は、数年の絵はがきの時代を経て、明治末から今度は半折《はんせつ》に描く南画の世界となっていく。

では、漱石のもとに届けられた絵はがき類は、どのように伝わって今日に至ったのか。『吾輩は猫である』への反響として、猫が描かれた絵はがきが門下生や読者から何通も届いたことは、昭和三年版『漱石全集』の「月報」第一号(昭和三年三月)で、十二点の画像とともに紹介されたことがある(その一部を右頁図版に掲げた)。次に漱石が残していた絵はがきの概要を伝えたのは、昭和九年十一月に岩波書店から刊行された松岡譲『漱石先生』に収められた「漱石山房の絵端書」の一文である。文末に「(九・七・一五)」とあり、書き下ろしでこの本に収録されたのであろう。二頁分九点の写真図版も添えられたその文には、「山房には数百枚の絵端書が保存されて居る」とあり、松岡が「この気儘《きまま》なコレクシヨンの中から目にとまつた絵端書を暢気《のんき》に取り上げて」紹介した、とは言うものの、原文の引用もかなり見られ、当時の情報としてはかなり詳しいものだ。『漱石先生』のその文章のすぐ後には、校正時に加えられたと思われる小さな文字の「追記」が一頁あり、さらに新しいものが「二百枚ばかり」見つかったと記され、「絵端書を見て驚くのは、猫の絵端書の次に多いのは、実に修善寺《しゅぜんじ》と其後この胃腸病院に永い事入院されて居た時の御見舞の多い事だ」とも記されている。ともあれ、現在のように文学者への「宛書簡」がそれほど注目されていなかった時期でもあり、この文章に触発されたさらなる追跡は、その後、残念ながらなされなかった。

戦後、昭和四十年版『漱石全集』の「月報1」(昭和四十年十二月)、「月報2」(昭和四十一年一月)、「月報7」(同年六月)で三回にわたり十六通が活字化され紹介された。堺利彦のほか、野上豊一郎・小宮豊隆・阿部次郎らのものが紹介されている。ここで思い出すのは、わたくし自身の、漱石宛絵はがきをまとまって見た記憶である。縁あって、日本近代文学館創立二十五周年記念「夏目漱石展」(昭和六十二年五月〜六月、新宿・伊勢丹美術館)の編集委員をつとめた。その展覧会が少し模様を変えて神奈川近代文学館でその年の十月から十一月にかけて再び開かれたとき、漱石宛絵はがきが、ガラスケースひとつぶん新たに追加される形で展示された。この度、神奈川近代文学館に当時の資料を調べていただき、その折に「夏目漱石に宛てた未公開知友書簡」として何通もの絵はがきが展示されたことを、確認することができた。

その後、神奈川近代文学館の夏目漱石遺品受贈記念「夏目漱石展」(二〇〇二年四月〜六月)などで若干が展覧されたことはあるが、岩波書店所蔵の三百十二通もの絵はがきが改めて跡づけられ、広く紹介されるのは今回が初めてであり、意義深い。この度の出版では、岩波書店所蔵のものから三分の一ほどを選りすぐり、全体を九のセクションに分けて、漱石宛絵はがきの面白さを紹介することにした。一通一通は絵はがきとしても楽しいが、その内容を読み込んでみると、漱石や漱石周辺の人びとの内実や伝記的事実をうかがわせるものであることがわかり、眼が離せない。これらの愛すべき資料が、全国の、漱石に関心を持つ愛読者に親しまれることを願っている。

目次

本書の編集には中島国彦・長島裕子の両名が当たった。翻刻や解説の執筆の分担は以下の通りであるが、相談のうえ全体をまとめた。
中島国彦――第一章（扉裏）、第三章、第四章（解説）、第五章、第八章、第九章
長島裕子――第一章（解説）、第二章、第四章（扉裏・解説）、第六章、第七章

第1章

「吾輩は猫である」の反響

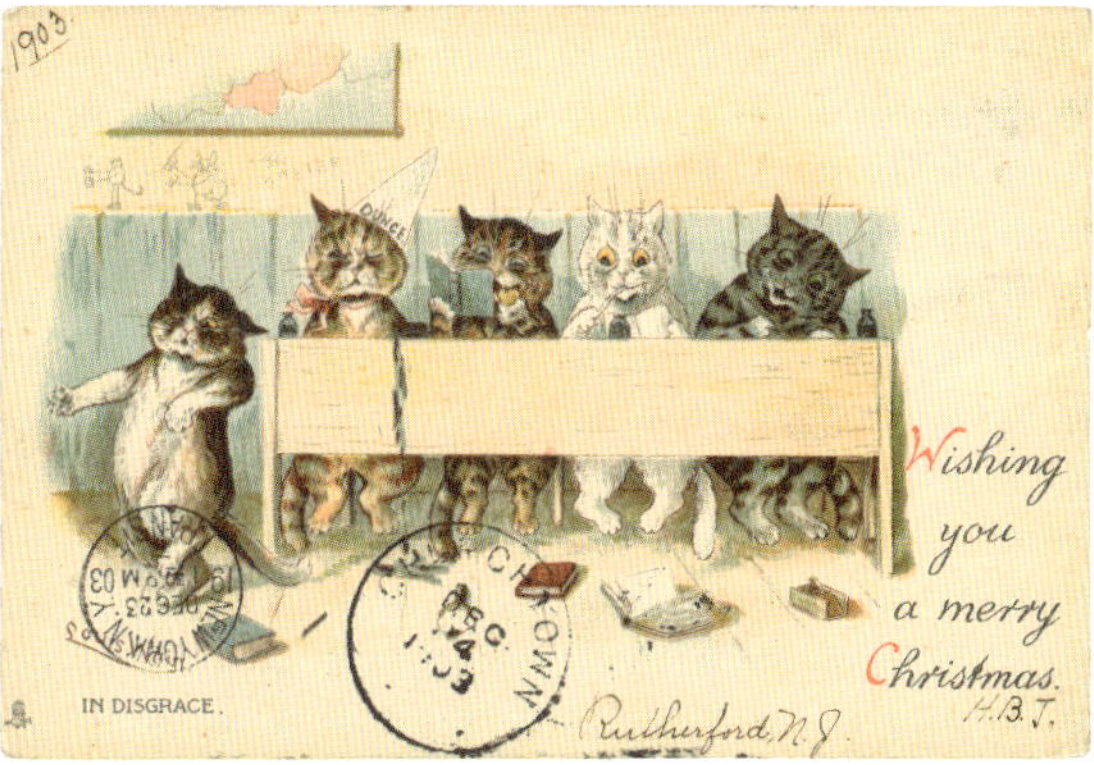

『吾輩は猫である』で言及されるルイス・ウェイン原画の絵はがきと同じ図柄のもの(1903年12月にアメリカで使用，編者蔵)

「吾輩は猫である」(現在の「一」に当たる)が『ホトトギス』に載ったのは、明治三十八(一九〇五)年正月である。一月一日付の第八巻第四号だが、年末には読者の手もとに着いたらしく、年賀状を準備していた人の間では、その作品の面白さに応え、語り手の猫に返事をすることで、漱石への新年祝詞とする当意即妙の反応が考えられたようだ。「続篇」(現在の「二」)を載せた二月十日付の次号では、冒頭近くで、苦沙弥《くしゃみ》先生のもとへ新年に届いたいくつもの猫に関係する絵はがきが紹介される。自筆のもの、舶来のもの、意匠はさまざまだ。舶来の猫が何匹も並び、俳句が添えられたものは、門下生の野間真綱が出したもので、それをそのまま作品に取り入れたことが現在ではわかっている。イギリスのルイス・ウェイン原画の絵はがき(本章扉絵参照)だが、残念ながら真綱が出した現物は伝わらない。連載が続き、「上編」に当たる最初の単行本『吾輩ハ猫デアル』が出たのはその年の十月で、猫を描き作品に言及した絵はがきが届くという動きは、さらに加速される。

岩波書店所蔵の「猫」関連の絵はがきのほかにも、「猫」に反応して漱石宛に出された絵はがきが、何通も確認された(『朝日新聞』二〇一六年五月四日朝刊)。なかには、猫のイラストが印象的な、内田雄太郎の明治三十九年の年賀状もある。どの一枚も、受け取った漱石の表情の微笑《ほほえ》みが想像されるものだ。

また、「猫」のモデルとなった初代の猫が死んだとき、それを知った門下生から、追悼句の書かれた絵はがきが何通も届いたことも、心に残る。

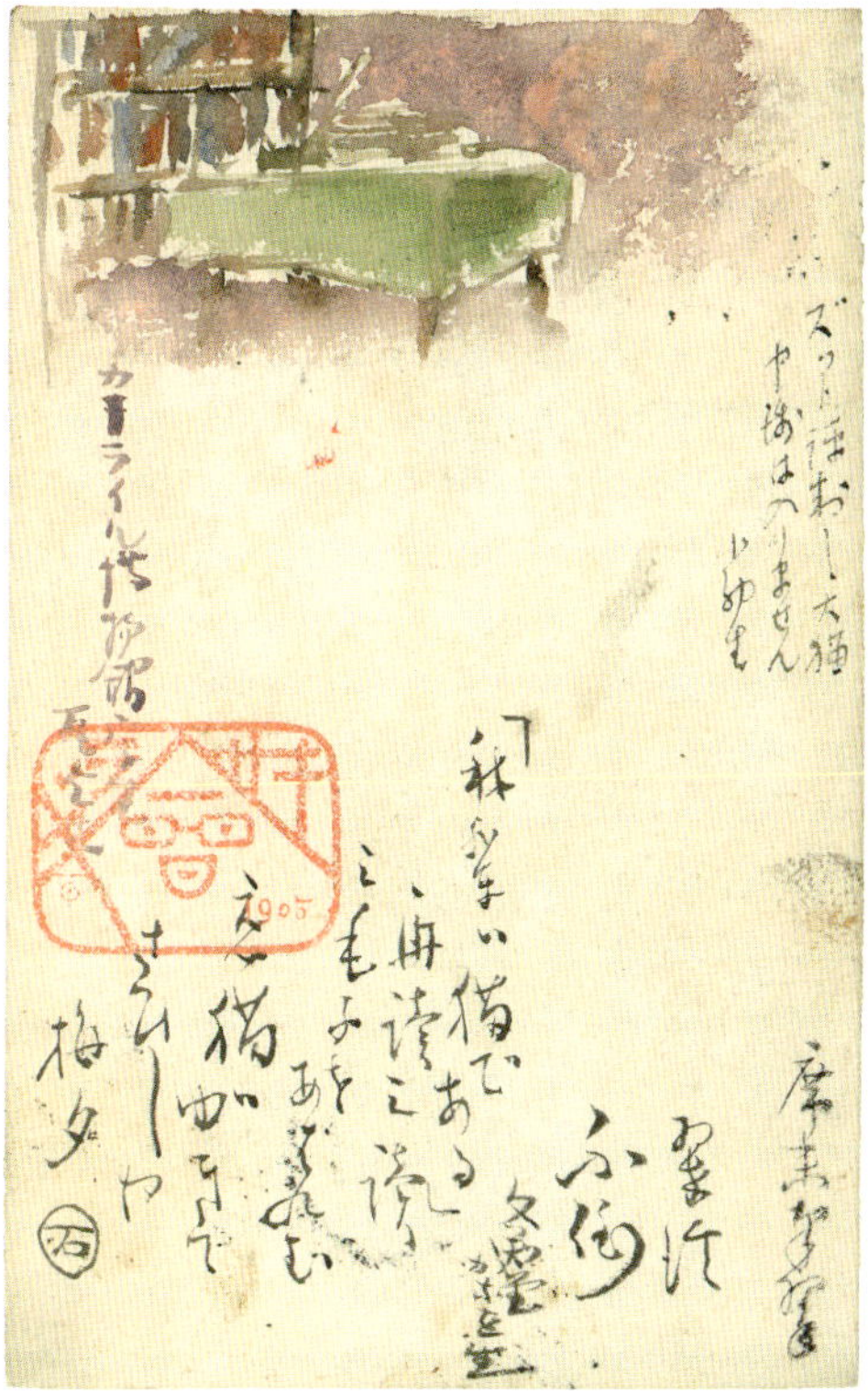

明治三十八(一九〇五)年
二月二十日

水落露石・武富瓦全ほかより

二月十日に出た「吾輩は猫である(続篇)」への水落《みずおち》露《ろ》石《せき》(義一)の感想と句に、金尾文淵堂の主人・金尾《かなお》種《たね》次《じ》郎《ろう》や水谷《みずたに》不《ふ》倒《とう》らが寄せ書きしたもの。一月号の『学燈』に掲載された「カーライル博物館」の写生は、露石の従兄武富《たけとみ》瓦《が》全《ぜん》の水彩画。二つの傾向の作品への早い時期の反応として興味深い。漱石は五高着任のため門《も》司《じ》に向かう船中で偶然露石と瓦全に会い、瓦全の蝶の絵に露石が句を記した正岡子規宛のはがきには、漱石の一句も添えられている。消印は大阪船場。表書きは露石の筆である。

堺利彦より

明治三十八(一九〇五)年十月二十八日

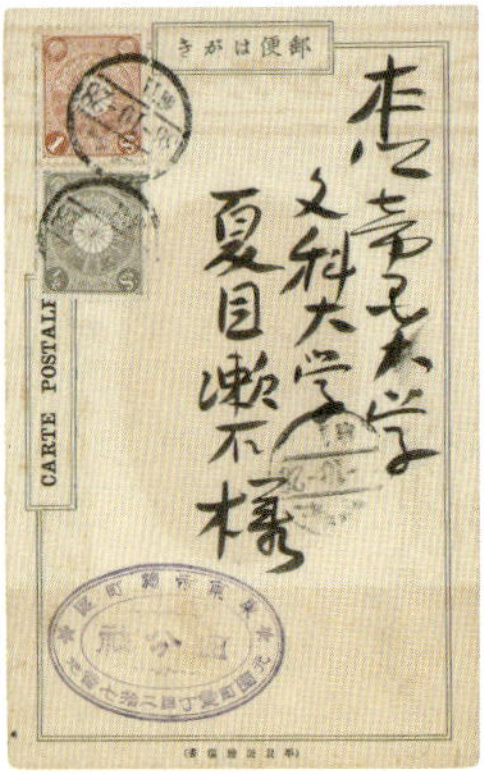

単行本『吾輩ハ猫デアル』(上編)刊行(十月六日)の三週間後、堺利彦(枯川《こせん》)がエンゲルスの肖像画の「平民社絵端書」で、文科大学宛てに出した絵はがき。印の由分社《ゆうぶんしゃ》は堺の自宅。飼い猫に「ナツメ」と名付けた堺は、「ナツメ」は「棗《なつめ》」のことだと「棗と秋海棠《しゅうかいどう》」(『家庭雑誌』明治三十九年七月号)で弁解しているが、大杉栄の「飼猫ナツメ」(同、明治四十年一月号)には、それがもとで、明治三十九年の電車賃値上げ反対の列に漱石の妻鏡子がいたという誤報が出たと記されている。この八月十一日の『都新聞《みやこしんぶん》』の記事を、ケーベルの教え子の美学者、深田康算《ふかだやすかず》から知らされた漱石は、「小生もある点に於《お》て社界主義故《ゆえ》堺枯川氏と同列に加はりと新聞に出ても毫《ごう》も驚ろく事無《これ》之候《なくそろ》」(八月十二日)と返事を出した。

明治三十八（一九〇五）年十一月十四日
内田雄太郎より

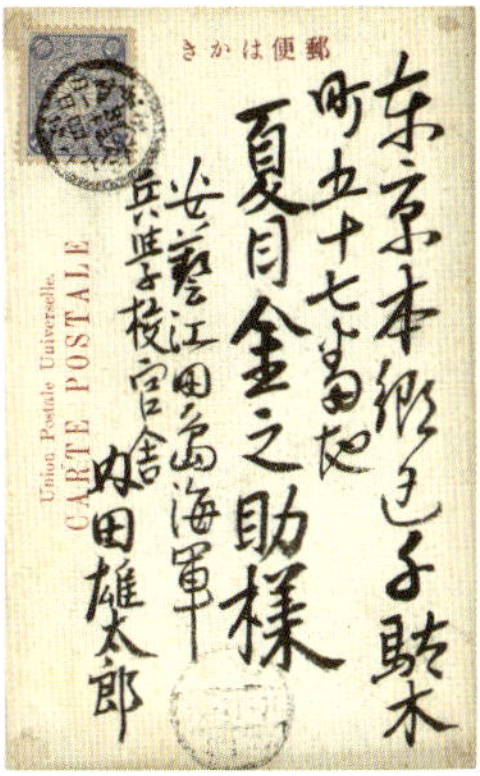

『吾輩ハ猫デアル』〔上編〕の刊行後に送られた、猫にちなんだ自筆絵はがき。"I am the cat"とある。内田は、明治二十九年の漱石の五高転出と入れ違いに愛媛県尋常中学校（松山中学）に赴任し、一年後に富山県尋常中学校に転任した。このときは、江田島の海軍兵学校で教職に就いていた。もう一通、苦沙弥先生と猫が着物を着た姿を描いた内田の自筆絵はがき（明治三十九年一月一日の年賀状）が確認されている。

明治三十九（一九〇六）年
一月一日
二宮行雄より

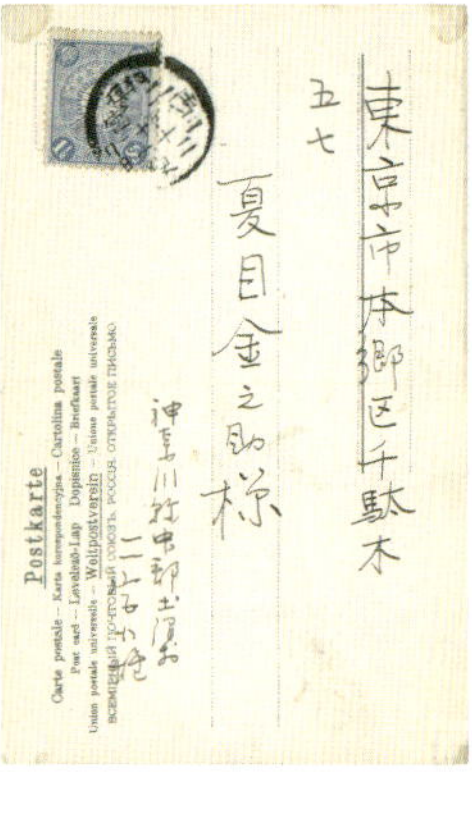

二宮行雄は、漱石が東京帝国大学講師となった明治三十六年の九月に入学し、森田草平、野《の》村伝四《むらでんし》らと同期。このとき、三年に在学。「僕は又劇研究の立場からして勿論《もちろん》夏目党の一人であつた」と、上田《うえだ》敏《びん》と漱石を比べて回想している（「大学の講師時代」『漱石全集』「月報」第十六号、昭和四年六月）。演劇の道に進み、帝国劇場の作者主任になる。大正二年九月、二宮の訳した喜歌劇「マスコット」が上演されたとき、招待された漱石も観に出かけている。

坂元雪鳥より
明治四十一（一九〇八）年
九月二十二日

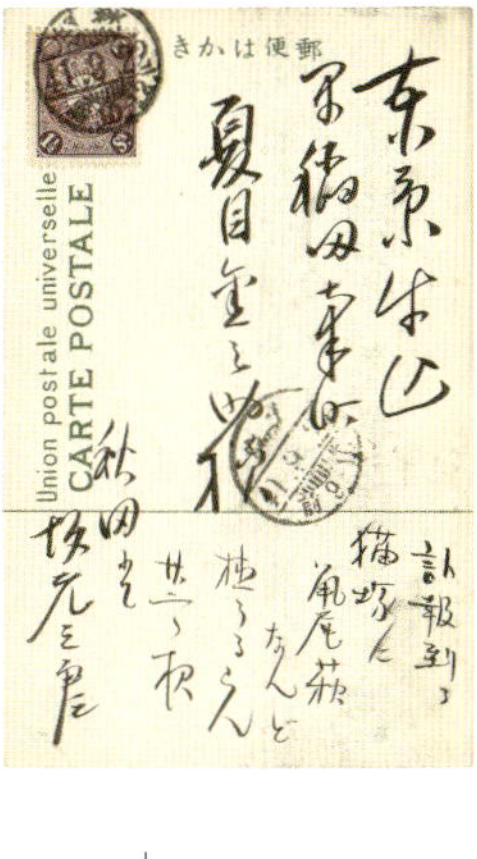

『吾輩は猫である』に描かれた漱石の家の初代の猫が、明治四十一年九月十三日に死んだ。秋田に滞在していた坂元雪鳥《さかもとせっちょう》（三郎）がこの絵はがきを出したのは、『東京朝日新聞』の「万年筆」欄に「夏目氏の猫死す」と出た二十二日である。消印は夜の十時から十二時となっている。猫の訃報は、どのように雪鳥に届いたのだろうか。「鼠尾萩」は、ミソハギであろう。「鼠尾草」とも記され、秋の季語。「猫」にちなんだ植物が選ばれている。

明治四十一（一九〇八）年九月二十六日
野間真綱より

『東京朝日新聞』の「万年筆」欄で、漱石の家の猫の死が報じられたのは、明治四十一年九月二十二日であった。鹿児島の七高につとめる野間真綱からの絵はがきは二十六日の消印で、東京と鹿児島の距離を感じさせる。『吾輩は猫である』の結末が、ビールを飲んだ揚げ句の猫の死であったことを踏まえた句となっている。色彩の鮮やかな絵はがきの多い野間であるが、東京での学生時代、漱石の家で接した猫をしのぶ絵はがきには、信州諏訪湖《すわこ》のモノクロ写真が選ばれている。

第2章

門下生から

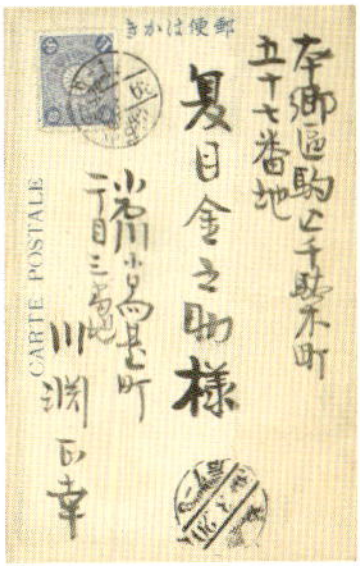

熊本の五高と東京帝国大学時代の教え子・川淵正幸からの絵はがき
(明治39年3月20日)

漱石には多くの門下生がいる。愛媛県尋常中学校、熊本の第五高等学校、英国留学後の第一高等学校、東京帝国大学の教え子たちが、在職中から作家になった後まで、漱石の周りに集まってきた。もっとも、敬愛のあまり自宅を訪ねることを遠慮した者もいたという。一高、大学講師時代の教え子には、阿部次郎、小宮豊隆、野上豊一郎など、小説や評論、翻訳などを手がけ、大学の教員になった者も多く、のちに漱石山脈と呼ばれたりもした。

文学だけでなく哲学や美術などを専攻する人びとのほか、五高や一高の理科の生徒であった人たちも、漱石にこまめに便りを出していた。漱石が自筆絵はがきを交換した寺田寅彦、田口俊一などは五高の理科の卒業生で、橋口貢も五高から東京帝国大学の法科大学へ進んでいる。野間真綱も五高からの教え子で、英文科在学中に帰国後の漱石に再会するなど、出会ったのが大学以前の人たちも多い。教え子たちと漱石との間は、師弟であると同時に同好の士という趣がある。誰もが、漱石に宛てて率直にものを言うことが許されていると信じていたように思われる。また、漱石がそれを好んでいたことも確かであろう。

松山時代の教え子である松根東洋城は、最も長く漱石と接した一人である。野《の》上《がみ》弥《や》生《え》子《こ》は夫の豊一郎を通して、漱石に作品の指導を受けた。物集《もずめ》芳《よし》子《こ》・和子姉妹は、師としていた二《ふた》葉《ば》亭《てい》四《し》迷《めい》がロシアへ向かった後、漱石のもとに通った。

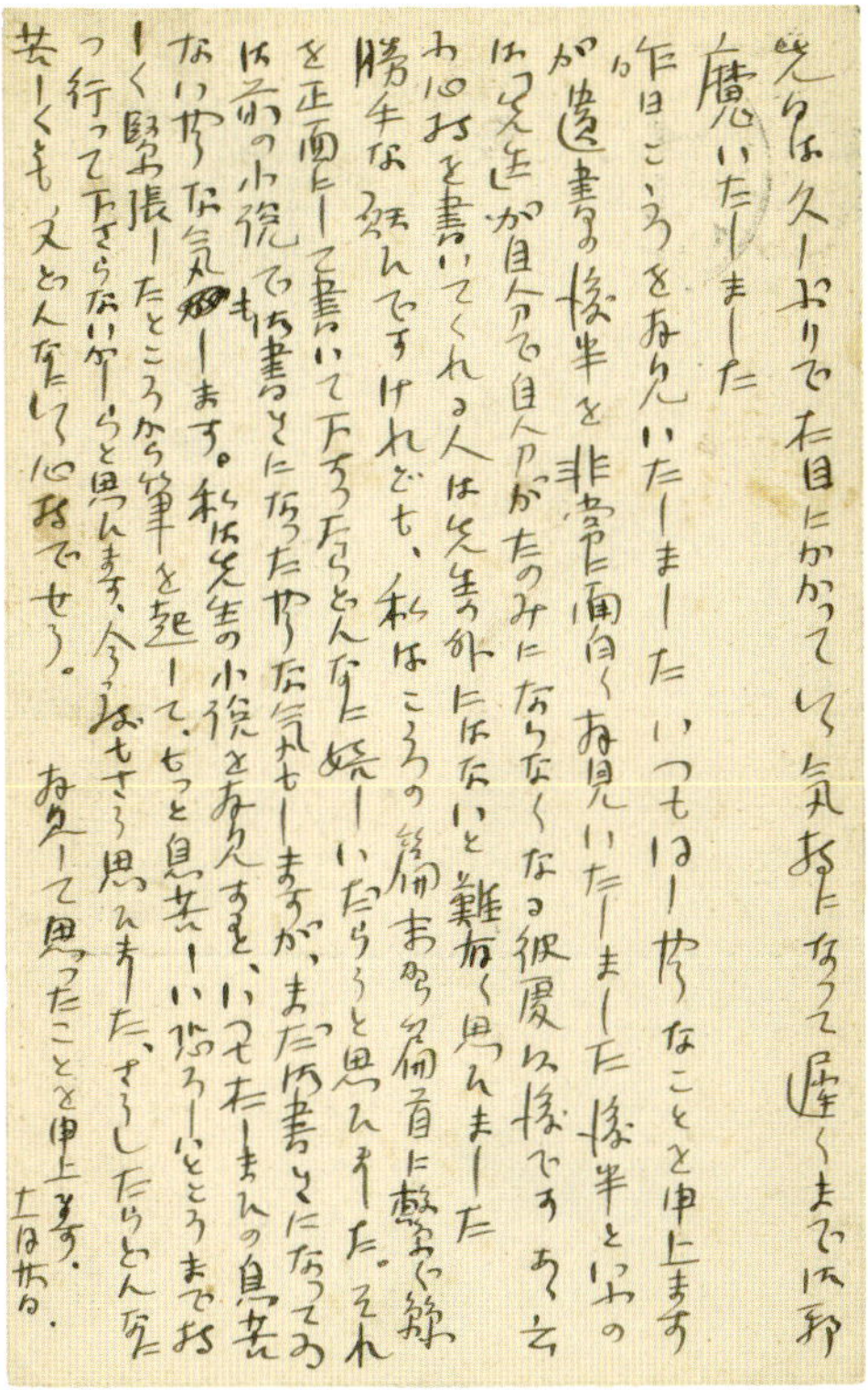
先日は久しぶりでお目にかかつてつい気持よくなつて遅くまでお邪
魔いたしました
昨日こゝろをお見いたしました いつもはし様なことを申上ます
が遺書の後半を非常に面白くお見いたしました 後半とは云ふの
は「先生」が自分で自分がたのみにならなくなる彼処は様です あゝ云
ふ心持を書いてくれる人は先生の外にはないと難有く思ひました
勝手な話ですけれども、私はこゝろの終篇から篇首に敷ふて繰
を正面にして書いて下すつたらどんなに嬉しいだらうと思ひました。それ
は前の小説でもお書きになつたやうな気もしますが、またお書きになつてる
ないやうな気も致します。私は先生の小説をお見すると、いつも本しまひの息苦
しく緊張したところから筆を起して、もつと息苦しいところまでお
つ行つて下さらないかしらと思ひます。今それをもさう思ひました。さうしたらどんなに
苦しくも又どんなにして心おでせう。
お久しく思つたことを申上ます。
二十日 次郎.

大正三（一九一四）年
十一月二十日

阿部次郎より

『心』は『朝日新聞』に連載の後、大正三年九月二十日に岩波書店から刊行された。阿部次郎は、読後の思いを率直に伝えている。「後半を非常に面白く」読んだという感想は、漱石の後期の長篇小説に通じる特徴をとらえた指摘であろう。「あゝ云ふ心持を書いてくれる人は先生の外《ほか》にはないと難有《ありがた》く思ひました」という阿部の言葉は、読者が『心』をどのように受けとめたかという最も早い時期の反応として注目される。

明治四十一（一九〇八）年九月十日

奥太一郎より

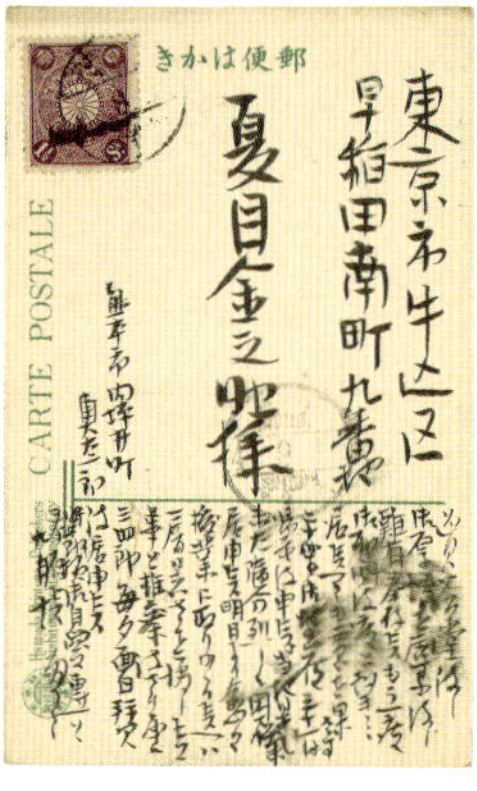

奥太一郎は、漱石の在任中に岡山県津山尋常中学校から五高に着任した英語教師。大正三年までつとめた。五高の同僚であるが、漱石に兄事し、上京の折に訪ねている。熊本に帰った翌日の明治四十一年九月一日から『朝日新聞』に『三四郎』の掲載が始まり、十日には、五高を卒業した三四郎の東京での生活が始まる第二章にさしかかっている。鉄道で運ばれる新聞を毎夕読んでいる様子が記されている。現実の熊本では、未来の三四郎を育てる五高の教師の新年度が、残暑のなか始まっている。写真は「（熊本百景）球磨《くま》川《がわ》長崎谷の風光」。

明治三十九（一九〇六）年一月二十七日
小松武治より

明治三十八年六月十日の『端書世界』第二号附録の絵はがきを使用したもの。小松武治は、明治三十六年、漱石が東京帝国大学講師になったとき、二年に在学。卒業後の明治三十七年六月刊の、小松が訳出したラム姉弟の『沙翁物語集』に、漱石は序文「小羊物語に題す十句」を寄せている。選ばれた十の物語の英文の一節に俳句を添えたもの。本文の訳文にも目を通し、修訂もおこなっている。漱石はこのとき依頼をうけた序文の執筆は断ったようである。

明治三十八（一九〇五）年十二月二十二日

小宮豊隆より

小宮豊隆が東京帝国大学独文科へ入学した明治三十八年の暮れ、故郷の福岡へ向かう途中、二泊した京都から出されたもの。差出し地は「東京都」とあり、消印は「荒神口《こうじんぐち》」である。九州までの移動に時間がかかることや、年末の車中の混雑がうかがえる。作品『三四郎』のなかの三四郎も、東京帝国大学に入学した年の暮れに、母の待つ福岡県京都《みやこ》郡の実家に帰っていった。

明治三十八（一九〇五）年
二月二日
田口俊一より

漱石が田口俊一に出した、髪の長い白い服の少女の姿を描いた自筆絵はがき（明治三十八年一月二十八日）に対する返事。漱石は「もう少し甘《うま》く書く筈《はず》の処《ところ》例の如く出来損へり」と書き添えている。田口は、漱石の五高時代の教え子で、このとき、東京帝国大学工科大学土木工学科三年に在学。卒業を間近に控えていた。橋口貢、寺田寅彦のほか、田口との絵はがきの交換も注目される。

明治三十八(一九〇五)年
二月二十五日

田口俊一より

漱石が自画像を描いて田口俊一に送った絵はがき(明治三十八年二月十二日)に対する返事。漱石は、「僕の肖像を鏡へ向いてかいたらこんなのが出来た。中々好男子だ」と記している。その肖像は、着物の打合せが左右逆で、鏡像であることがわかる。漱石は、十日前の二月二日にも土井晩翠に宛てて、「現在の顔は此位だ」と、自画像を送っている。漱石のはがきに描いた自画像で知られているのは、この二通である。文面にあるとおり、絵はがきを通して軽口の言い合える師弟であった。田口は、五高時代の漱石の授業を思い出して描いたのだろうか。

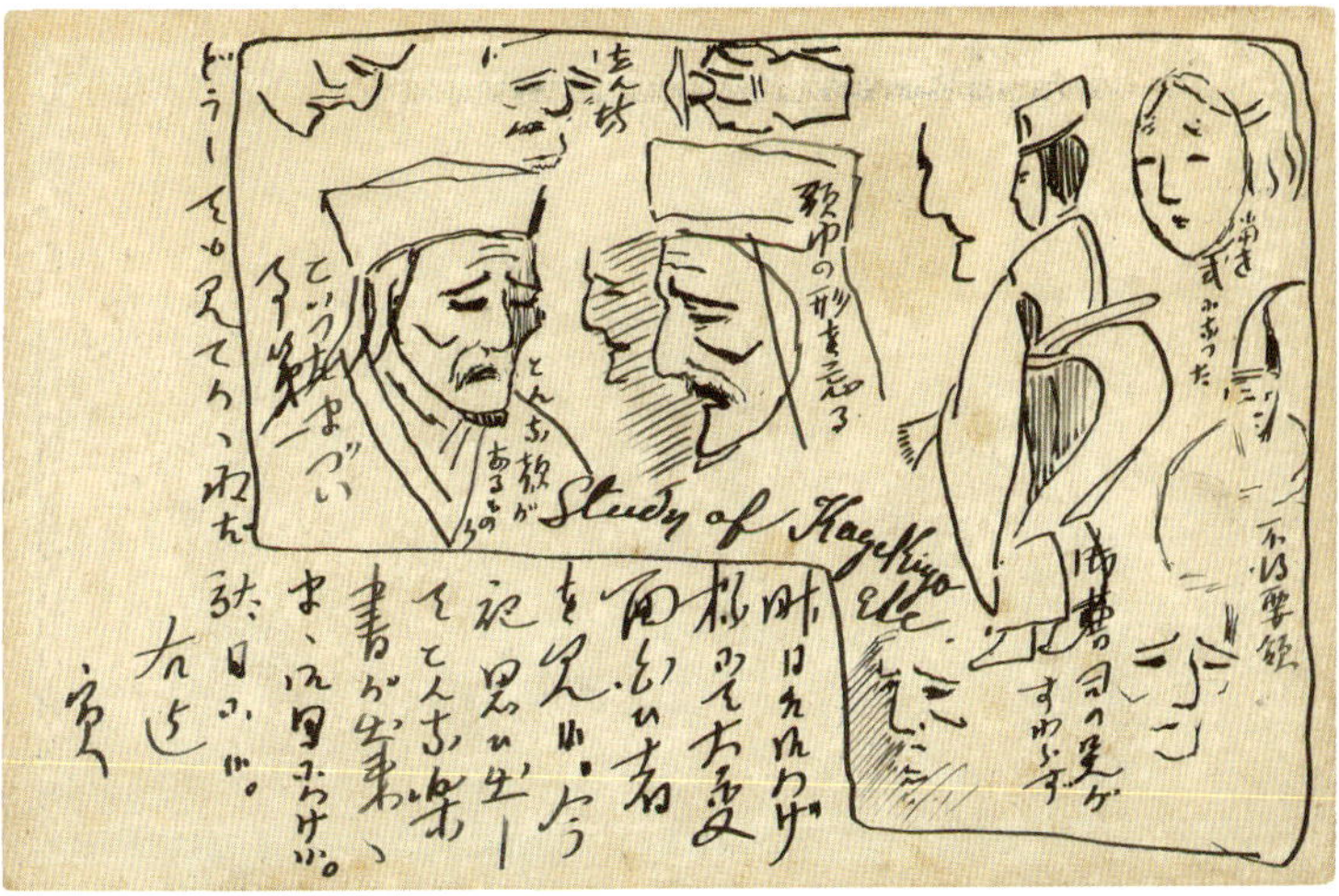

寺田寅彦より
明治三十七(一九〇四)年五月三十一日

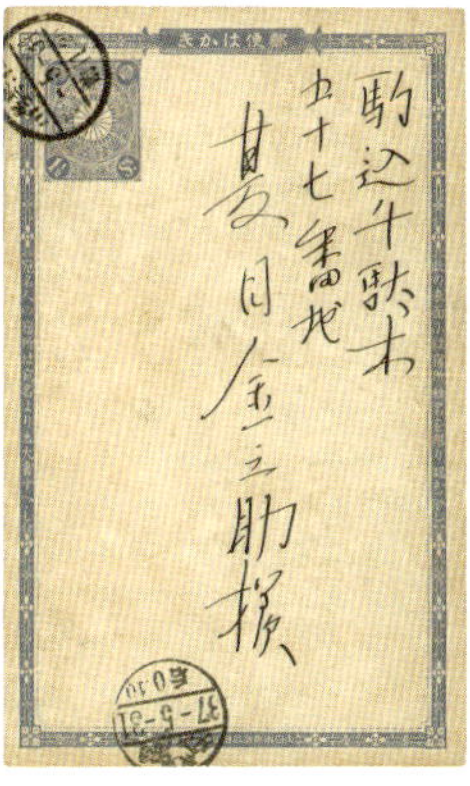

寺田寅彦が、前日に観た能「景清《かげきよ》」などのスケッチを送ったもの。漱石が切符を贈ったのだろうか。三十日は、東京帝国大学第三学期の講義最終日。行くことができなかった漱石に、各人物を描いて舞台の様子を伝えたものと思われる。寅彦が自らの絵に書き入れた注が面白く、漱石との親密さが表れている。

大正四（一九一五）年九月一日
上野直昭・岩波茂雄より

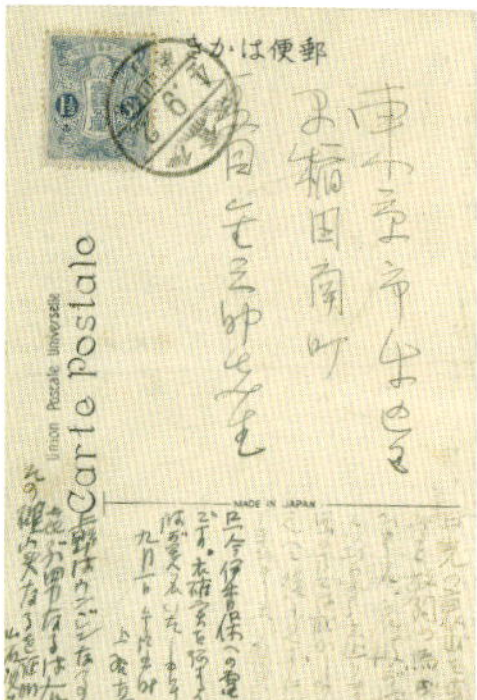

上野直昭と岩波茂雄は、明治三十八年に東京帝国大学哲学科に入学。岩波は一高在学中に藤村操《ふじむらみさお》の死に遭い煩悶《はんもん》、試験を放棄して除名。大学では選科生となった。大正四年の夏、上野の滞在先に岩波が合流し、連名で漱石に出した絵はがき。岩波が書店を興《おこ》し、漱石の『心』の自費出版を手掛けたのは前年の九月。夏期休暇を過ごしている学生同士のような内容である。上野直昭は美学者・美術史家となり、その妹は、橋口五葉の次兄で船舶設計の専門家橋口半治郎と結婚。橋口半治郎は岩波茂雄とも親しく、交友のなかで生まれた出版物も多くある。写真は「（沼田名所）利根郡追貝大滝鱒止入鮮」。

明治三十九(一九〇六)年
六月二十一日
野上豊一郎より

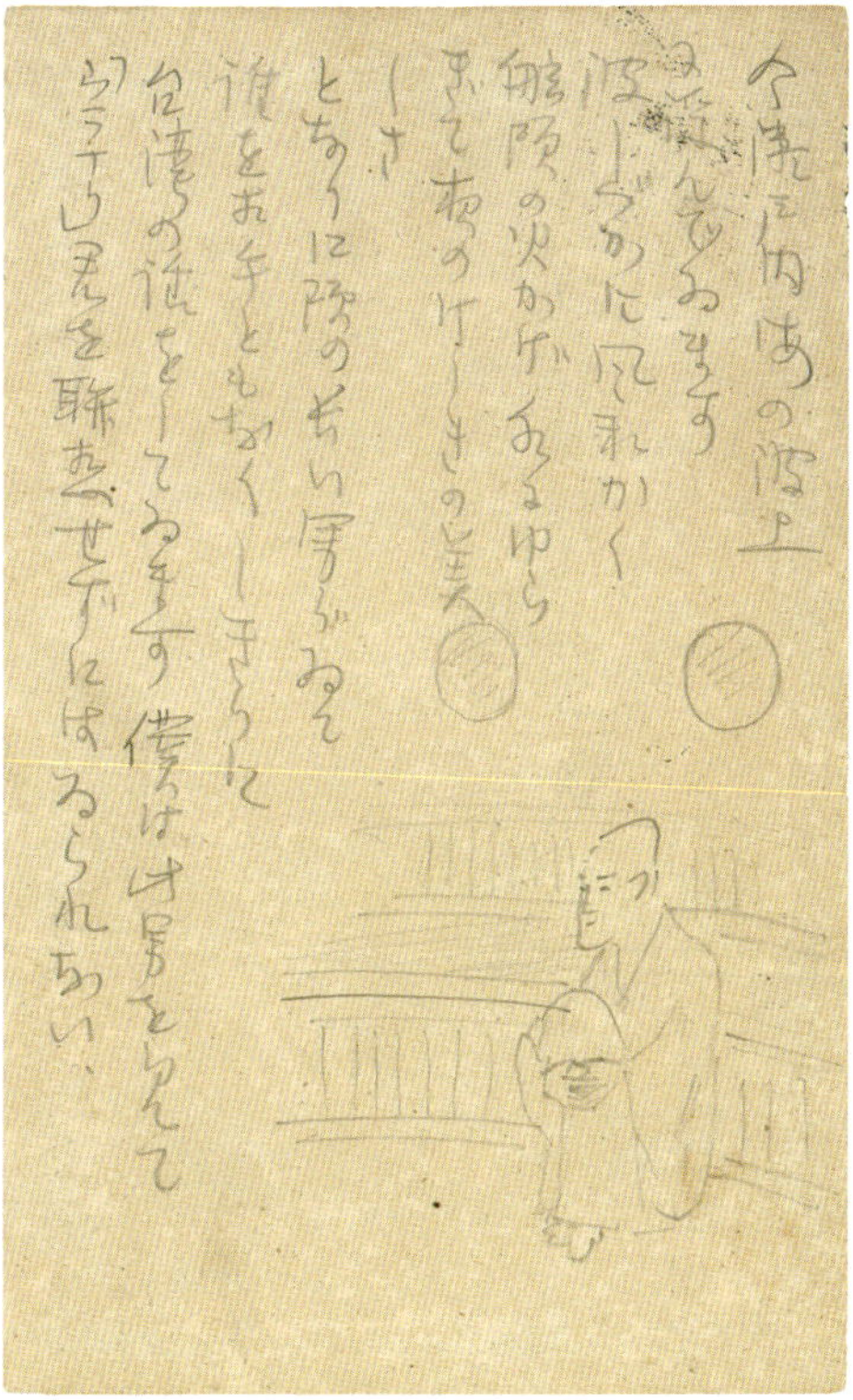

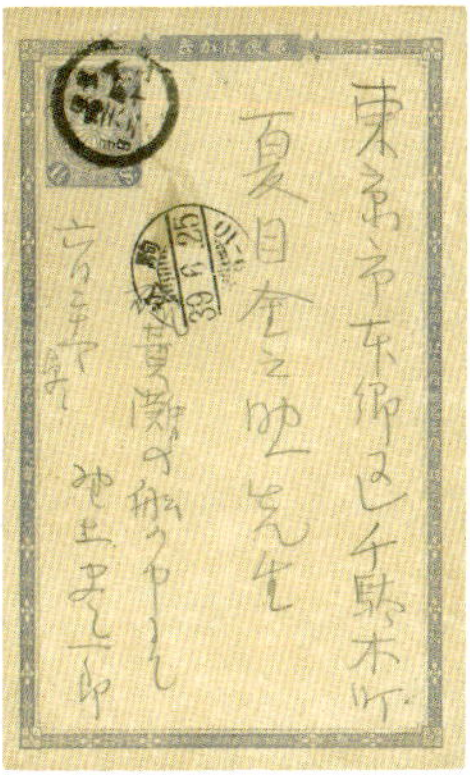

野上豊一郎(臼川《きゅうせん》)は、明治三十八年に東京帝国大学に入学。翌年の八月に弥生子と結婚した。これは、野上がこの年の学年末の帰省をした折の船中のことであろう。「坊っちゃん」は、同年四月一日発行の『ホトトギス』に発表されている。瀬戸内海から九州へ向かう船で見かけた、「ウラナリ」君」を連想させる乗客をスケッチして書き送っている。表書きにある「硫《い》黄灘《おうなだ》」は、別府湾の別称。

野上豊一郎より

明治四十(一九〇七)年十二月六日

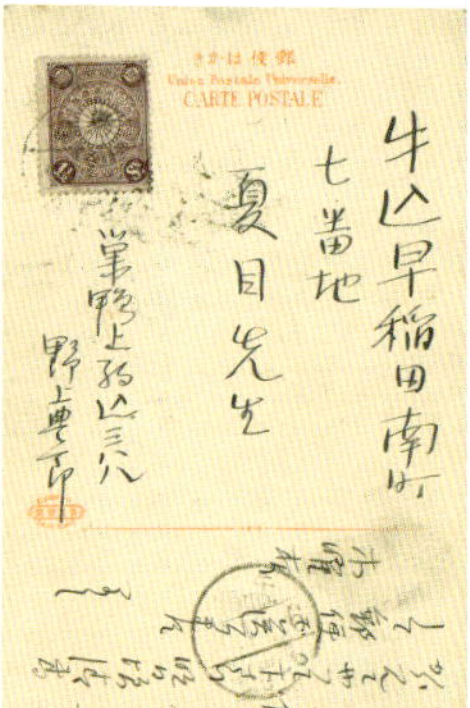

野上豊一郎の妻、弥生子は漱石から小説の指導を受けていた。このときは二作を漱石に送った。三日後の十二月九日に漱石は、「「紫苑《しおん》」は少々触れ損ひの気味にて出来栄あまりよろしからず。「柿羊羹《かきようかん》」の方面白く候《そろ》」と、弥生子に返事を出している。「紫苑」は「紫菀」として『新小説』(明治四十一年一月)に、「柿羊羹」は『ホトトギス』(同)に発表された。

明治四十二（一九〇九）年三月二十一日
野上豊一郎より

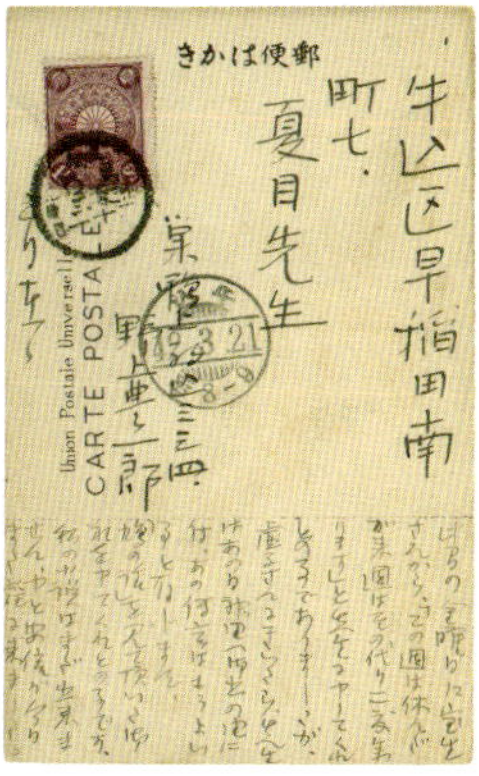

能の舞台「隅田川」を描いた自筆の絵はがき。漱石は、宝生新《ほうしょうしん》から謡《うたい》の出稽古を受けていた。前日三月二十日の、漱石から野上の妻、弥生子宛のはがきには、「鳩の話早速拝見。面白く候《そろ》すぐ虚子の手許へ廻し候」と書かれており、『ホトトギス』への掲載を頼んだことが知られる（掲載時は「鳩公の話」。『ホトトギス』明治四十二年四月、「附録」欄）。漱石に加え、高浜虚子、野上、中勘助《なかかんすけ》、安倍能成《あべよししげ》らが、能や謡に関心を持っていたことがわかる。

上田敏・野上豊一郎より
大正二（一九一三）年五月三十日

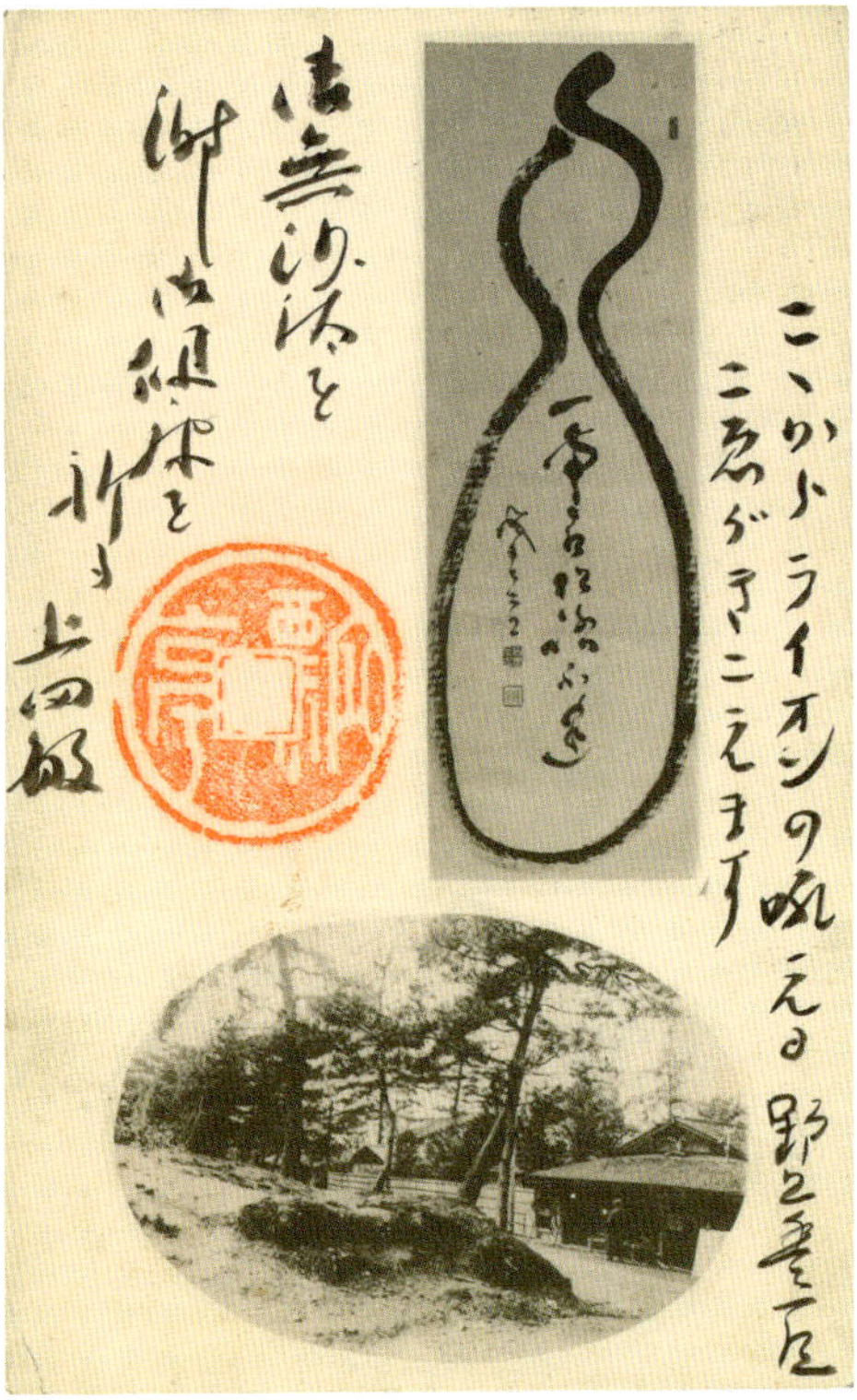

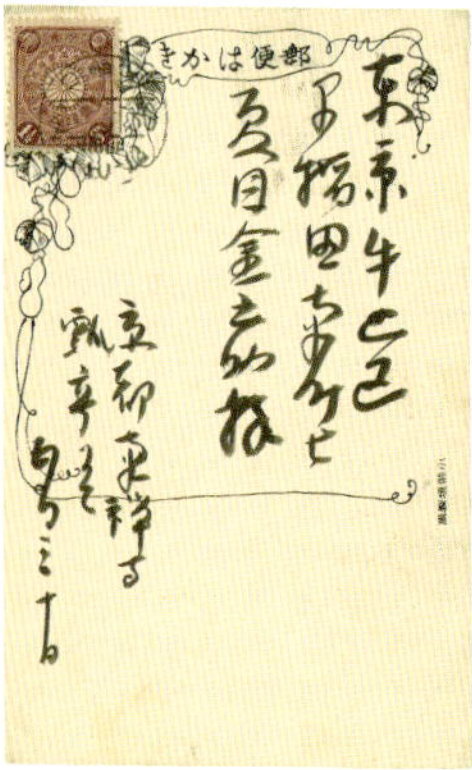

上田敏と野上豊一郎が京都から漱石を見舞う絵はがき。上田は、漱石と同年（明治四十年）に東京帝国大学を辞して外遊、翌年帰国後に京都帝国大学に赴任した。このはがきを受け取ったときの漱石は、連載中だった『行人』を休載していた。四月七日の『朝日新聞』には、「病気の為《た》め擱筆《かくひつ》するの已《や》むを得ざるに至り本日を以て打切」と出ている。その後、九月十八日から「塵労《じんろう》」を再開した。明治三十六年に開園した京都市動物園は、二人の会食した瓢亭《ひょうてい》の疎水を隔てたすぐ北側に位置する。写真は瓢亭で、朱印も瓢亭のもの。瓢簞《ひょうたん》の一筆書きの中には、瓢亭に所縁の頼《らい》山陽《さんよう》の詩句「一帯青松路不迷」が綴《つづ》られている。

大正五（一九一六）年三月二十六日 野上弥生子より

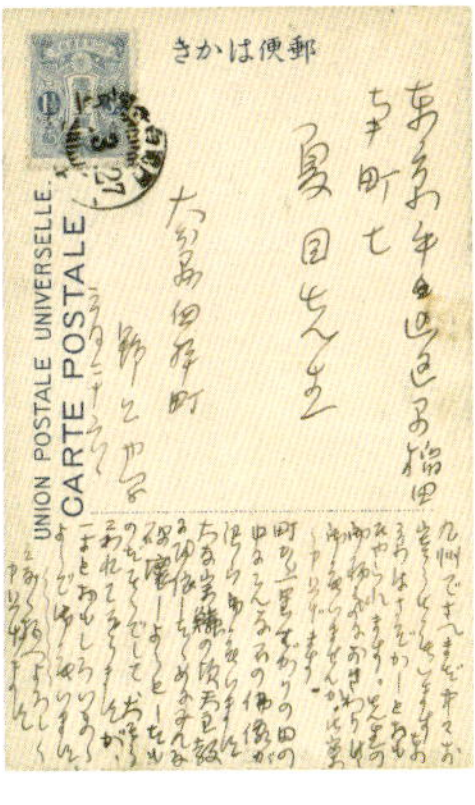

豊一郎の母の病気見舞いに、大正五年三月、夫婦で郷里の大分県臼杵《うすき》に帰った折のもの。訪れた臼杵近郊の満月寺の絵はがきで、破壊を免れた石仏について弥生子が伝えている。写真は「臼杵深田　満月寺の古跡（稀《け》有《う》の珍）」である。同日、豊一郎からも、石仏の写真の絵はがきが出されている。

野間真綱より

明治三十八(一九〇五)年
二月二十七日

野間真綱は、五高以来の教え子で、東京帝国大学文科大学研究科に在学中。漱石が「吾輩は猫である」や「倫敦塔《ろんどんとう》」などを発表するごとに感想を書き送っている。「まぼろしの楯を読みて」も、漱石が明治三十八年二月十八日に脱稿した「幻影《まぼろし》の盾」を野間が原稿で読み、感興を得たものであろう。漱石は三月四日に、「盾のうた面白く出来候《そろ》最後の二句は不賛成に候。何とか改め度《たく》候」と返事を出している。「幻影の盾」は同年四月一日発行の『ホトトギス』百号記念の「附録」欄に、五葉の扉絵と共に発表され、野間の詩も、「まぼろしの盾のうた」(奇瓢《きひょう》)の題で載せられている。作品集『漾虚集《ようきょしゅう》』にも収録されている。「あふれる涙」と題されたこの既製絵はがきは作者不明だが、生田誠『日本の美術絵はがき 1900→1935』(淡交社、二〇〇六年)にも紹介されている。

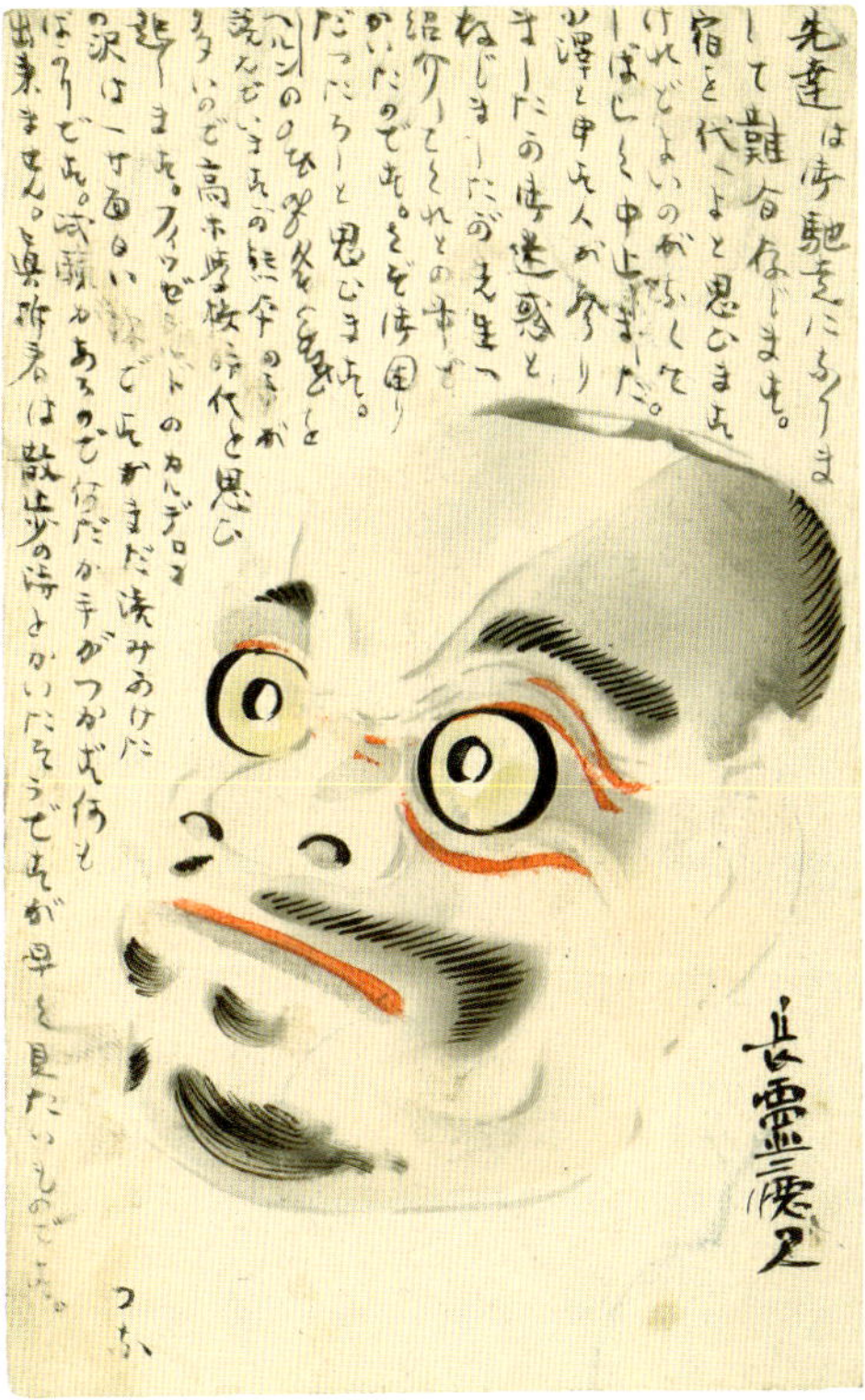

野間真綱より

明治三十八(一九〇五)年
七月五日

四か月後の明治三十八年十一月十一日、野間に宛てた漱石のはがきは、野間が紹介状を書いた「小沢」について、「野間君。小沢平吾は詐欺師なる事相分り大変な奴ですよ」と始まり、「御用心の事。全体どうしてあんなものを紹介したのかね。僕の名前なんか方々へ行つて振り廻す由《よし》」と、内田《うちだ》魯庵《ろあん》(不知庵《ふちあん》)から注意が来たことを伝えている。真拆《まさき》(皆《みな》川正禧《かわまさき》)の詩「散歩」は、友人たちと正岡子規の墓を詣でたことを描いた俳体詩で、明治三十八年七月十日発行の『ホトトギス』に掲載された。東北大学には、皆川から漱石に宛てた、七月十六日付のはがきが所蔵されている。「散歩は大層よくなつて居《お》ツてうれしく候《そろ》」とあり、掲載に際して添削がなされていたことをうかがわせる。絵は長霊癋見《べしみ》の面。長霊という名の面打ちに由来する能面で、「熊坂」などに用いられる。癋見は、口角に力を入れて両唇を強く結んだ異相面のこと。

野間真綱より

明治三十九(一九〇六)年
一月一日

一見にぎやかに見えるぽんぽん拍子には、「憂鬱病」が隠れていた。漱石が野間に宛てた明治三十九年一月十五日の手紙には「君憂鬱病のよし結構に存候《ぞんじそろ》。憂鬱も快活も全く本人の随意と存候。小生抔《など》は一日に両方やり申候《もうしそろ》」とある。翌十六日には、皆川正禧に宛てて、「野間は憂鬱病に罹《かか》つた由《よし》を申来候けしからぬ事に候。三十にもならないで憂鬱病抔と申す贅沢《ぜいたく》な事を申し候」などと書き送っている。野間を案じた漱石は、二月三日に、「君の憂鬱病はどうなつた」、「人間は他が何といつても自分丈《だけ》安心してエライといふ所を把持《はじ》して行かなければ安心も宗教も哲学も文学もあつたものではない」と力づけている。野間からは「陸軍の英語教師の口があつた」と返事があり、漱石は五日には、「精出して御勤めなさい」、「其内《そのうち》月給が上つて美人の妻君がもらへます。金がとれて地位が出来ると憂鬱病も退散するだらうと思ふがどうですか。僕なんか百万円もらつても憂鬱病だね。呵々《かか》」と励ましている。絵は三番叟《さんばそう》。

明治四十(一九〇七)年
十月二十一日
橋口五葉より

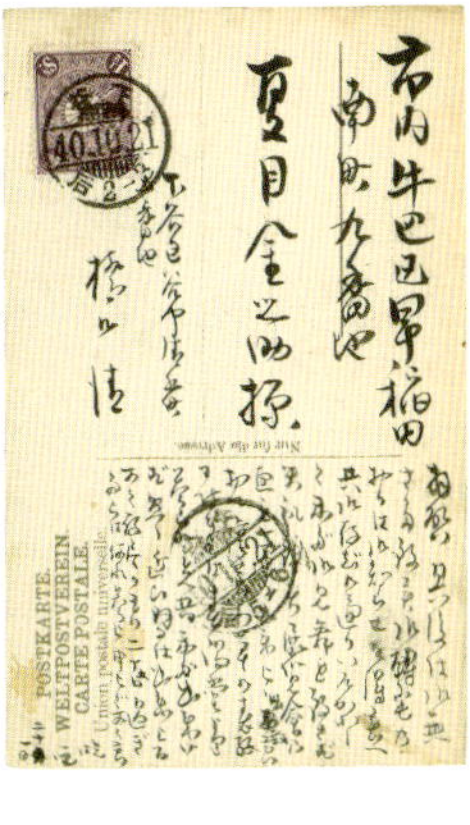

橋口五葉(清)は、兄の橋口貢の紹介で、東京美術学校に在学中の明治三十八年二月十日発行の『ホトトギス』に掲載された「吾輩は猫である(続篇)」の挿絵を描く。単行本『吾輩ハ猫デアル』の三冊をはじめ、漱石の作品は『行人』まで、五葉の装幀によって刊行された。ここでは、『虞美人草』の装幀について触れられている。十二月二日の漱石の五葉宛書簡には、「拙作表紙も御蔭にて出来上り(略)御手数の段奉謝候」とある。文中にある「展覧会」は、二十五日から始まった第一回文展で、五葉は「羽衣」を出品して入賞した。絵は自筆の風景画。

明治三十九(一九〇六)年
一月二十二日

橋口貢より

橋口貢は、漱石の五高時代の教え子で、明治三十五年から四十年まで東京帝国大学大学院法科に在籍。外交官となる。漱石がイギリスから帰国後の三十七年から三十八年にかけて、自筆絵はがきを多く交換した。弟の五葉を『ホトトギス』の挿絵の描き手として紹介する。貢はこのとき、卒業を前に郷里の鹿児島で、温暖な気候のなか、休暇を過ごしている。冒頭の「文集」は『漾虚集』を指すと思われるが、実際の刊行は五月となった。三か月前に出版された『吾輩ハ猫デアル』を、長崎と鹿児島の書店ごとに確認しているうれしい報告でもある。

明治四十三（一九一〇）年十二月三十日

松根東洋城より

明治四十四年の正月を漱石は長与胃腸病院で迎えた。前年の夏、漱石は、松根東洋城（豊次郎）の滞在していた修善寺に転地療養に赴いた。修善寺では大吐血が起き、漱石は危機的状況に陥る。漱石が生死の間を往還した後、東洋城の父の病状が悪化する。北白川宮に仕える宮内省の役人としての現在の自分と、病気の父とを比して、「生死昨今ノミ」と感じたとある。東洋城は松山出身で、愛媛県尋常中学校からの漱石の教え子。郷里へ向かう途中の高浜港にて出された。写真は「伊予高浜港南桟橋」。

松根東洋城より

大正元(一九一二)年九月七日

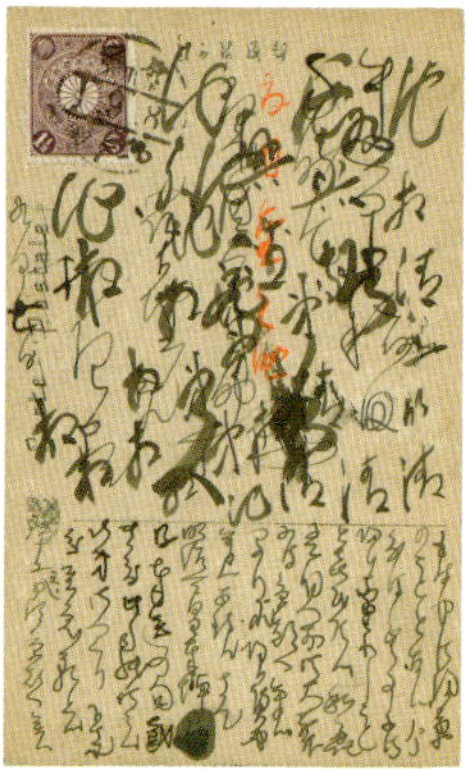

漱石が、自分の宛名の部分に手習いをしてしまったもの。松根の文章はそのまま残されている。

二年続けて旅先で病んだ漱石が、友人の中村《なかむら》是公《よしこと》と出かけた塩原から信州への旅を無事に終えたことを、松根は喜んでいる。宮内省につとめる松根は、九月十三日の御大葬時、京都に赴くとある。漱石がすぐに出した八日の返事には、松根の求めに応じて、「天子様の悼亡の句なんか作つた事がない」としながらも、「御かくれになつたあとから鶏頭かな」「厳かに松明《まつ》振り行くや星月夜」の、明治天皇「奉悼」「奉送」の二句が記されている。

明治三十九(一九〇六)年
三月一日

皆川正禧より

皆川正禧や同窓の者たちにとって、東京帝国大学を卒業した後の身の振り方、就職についてはさまざまな思いがあり、それぞれが教職に就き、また異動をしている。その間の事情の一端であろうか。英文学科の皆川の同期生に竹山姓の人物がいるが未詳。伝君は、野村伝四であろう。漱石も教え子の伝四を伝君と呼んでいる。明治三十九年、野村は三年に在籍し、卒業後は研究科に進む。創作や評論を書き、明治四十四年には岡山の中学に赴任して、東京を離れる。漱石没後の大正十三年九月に、漱石の東京帝国大学文科大学での最初の講義を、自分と友人たちのノートをもとに編集して、『英文学形式論』として刊行した。

明治四十一(一九〇八)年八月六日

物集芳子・物集和子より

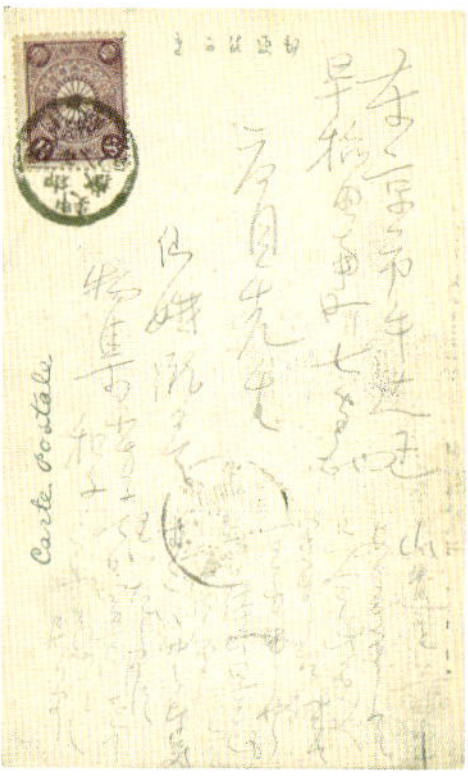

物集芳子・和子の姉妹は二葉亭四迷に師事し、二葉亭が朝日新聞社の特派員としてロシアに向かった後は、漱石のもとで『ホトトギス』などに小説を書いていた。父は、『広文庫《こうぶんこ》』の編集で知られる物集高見《もずめたかみ》。芳子は、のちに大倉燁子《おおくらてるこ》の名で推理小説を執筆した。和子は、姉芳子の同級生である平塚雷鳥(明子)の青鞜社《せいとうしゃ》に参加し、『青鞜』の最初の編集室は、物集和子の部屋に置かれた。写真は昇仙峡《しょうせんきょう》の風景。

第3章

ゆかりの文学者たち

歌人・金子薫園からの絵はがき(明治44年1月1日)

「猫」発表で漱石の周辺の様子が変わり、文壇の一員として認められると、当時の多くの文学者とも、さまざまなつながりができた。正岡子規を介しての俳人たちとの交流は明治三十年代からあるが、松山の村上《むらかみ》霽月《せいげつ》からの絵はがきが残っているのは、それ以降のことだ。大学時代からの友人松本文三郎とも、作品集を送ることで松本から絵はがきが届く。外遊時代からつながりのある土井晩翠からの絵はがきは、漱石も自画像を書き送ったことがあり、二人の親しさを示している。

『ホトトギス』関係からは伊藤左千夫らのほか、英文学者の畔柳《くろやなぎ》芥舟《かいしゅう》、歌人の金子《かねこ》薫園《くんえん》や門間《もんま》春雄《はるお》からの絵はがきも存在する(本章扉絵参照)。漱石との交流がこれまで知られていなかった歌人・美術史家の会津《あいづ》八《や》一《いち》からのものも見つかった。さらには『朝日新聞』の「文芸欄」を通して、多くの当時の文学者とのつながりもできた。漱石が『朝日』への小説執筆を依頼した人は多岐にわたるが、徳田《とくだ》秋声《しゅうせい》ら自然主義系の文学者の漱石宛絵はがきが残っているのもうれしい。山房に出入りしていた近松《ちかまつ》秋江《しゅうこう》からも、旅先から絵はがきが届き、野上豊一郎の京都からの絵はがきには、上田敏の寄せ書きも見られる。

大阪朝日新聞社の鳥居《とりい》素川《そせん》・牧放浪《まきほうろう》らの絵はがきも親愛の情に満ちているが、『朝日』主筆の池辺《いけべ》三山《さんざん》のものがないのは、雄渾な筆跡が印象的な三山と、簡明で小ぶりな絵はがきというメディアとが、余りにも違い過ぎていたためかもしれない。三山は、巻紙に墨書、というのがふさわしいようだ。

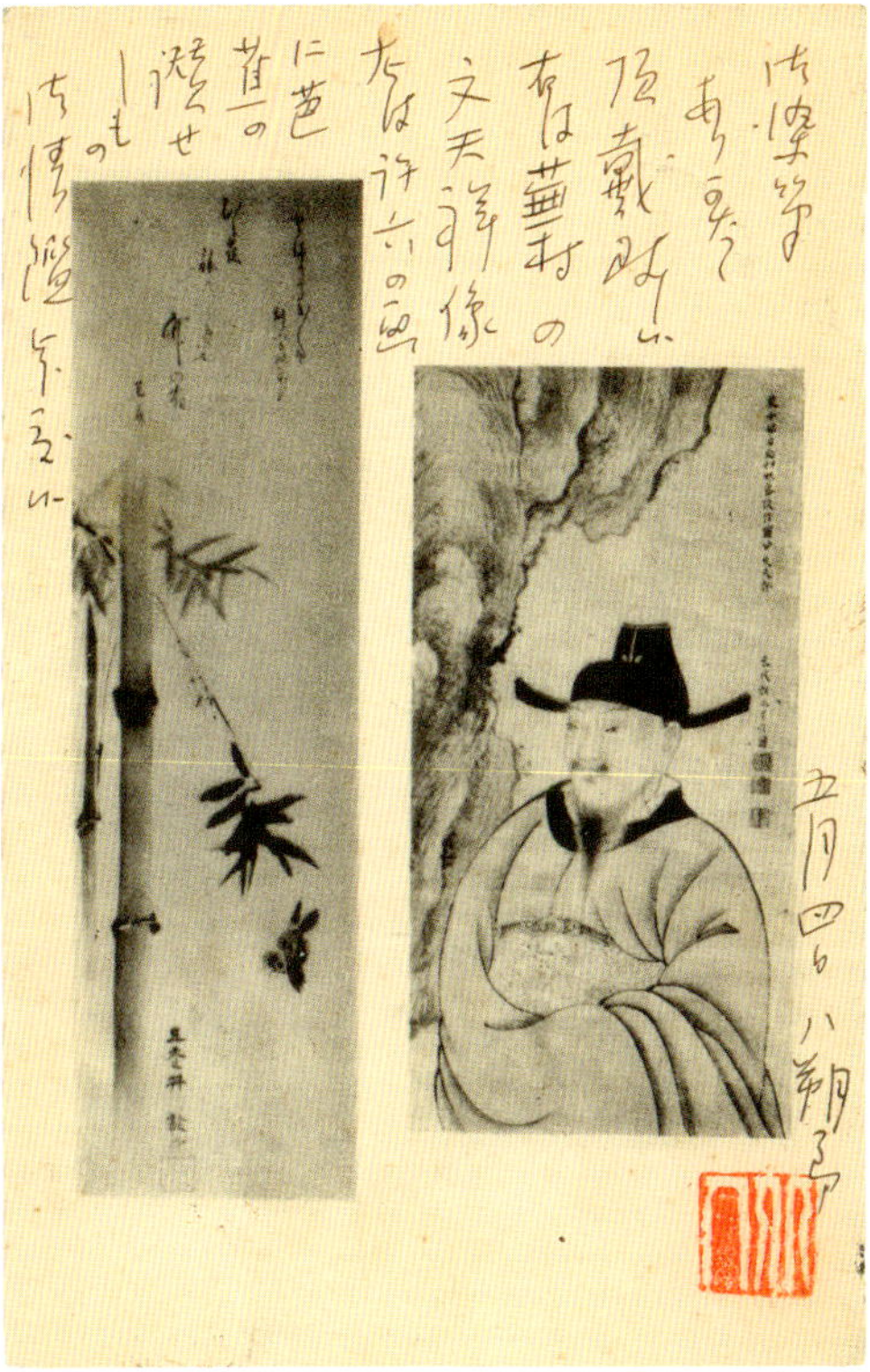

明治四十二(一九〇九)年五月四日

会津八一より

はがき裏面の写真は、右に蕪村《ぶそん》の文天祥像、左に許六《きょりく》の画(竹)に芭蕉《ばしょう》の讃の軸。これら二葉の写真を印刷した既製「郵便はがき」(北越高田小林製版印刷所印行)を用いている。会津八一が早大を卒業し、新潟県板倉町の有恒学舎の英語教師をつとめていたときのもの(『会津八一全集』未収録)。これまで漱石とのつながりが知られていなかったこともあり、こうした通信は興味深い。

尼子四郎より

明治四十五(一九一二)年
二月五日

尼子《あまこ》四郎《しろう》は、駒込千駄木町の医師。『吾輩は猫である』に出て来る「甘《あま》木《き》先生」のモデル。かかりつけの医師として、漱石一家がよく世話になっており、とくに鏡子夫人と関係が深い。医科大学の呉《くれ》秀三《しゅうぞう》博士を紹介するなど、その後も関係が続いていた。漱石の博士号辞退に対し、長与胃腸病院退院後に、「当時に於ける無比の良教訓と敬服致候」と書き送った絵はがき(明治四十四年三月六日)も残されている。

伊藤左千夫より

明治三十九(一九〇六)年一月一日

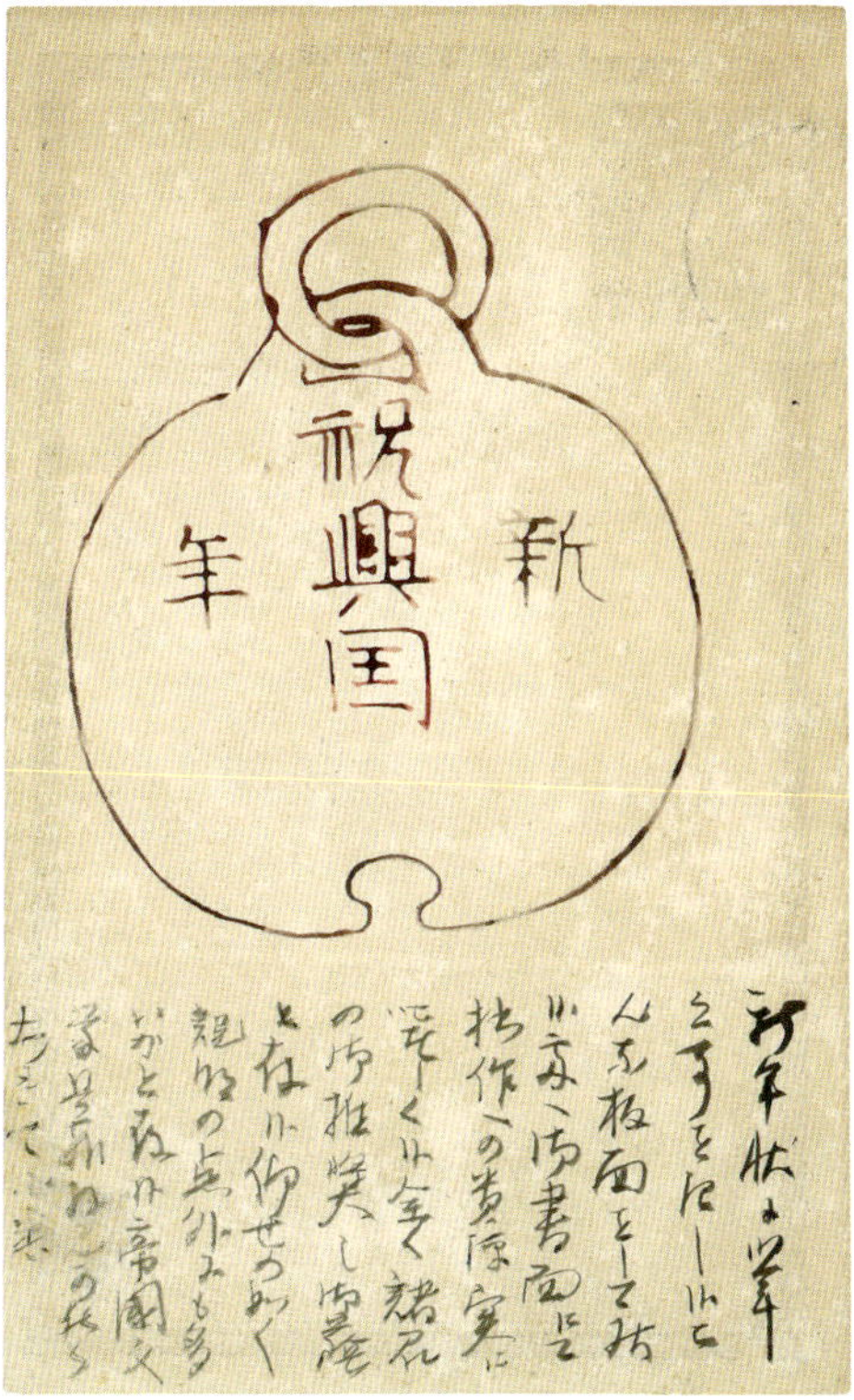

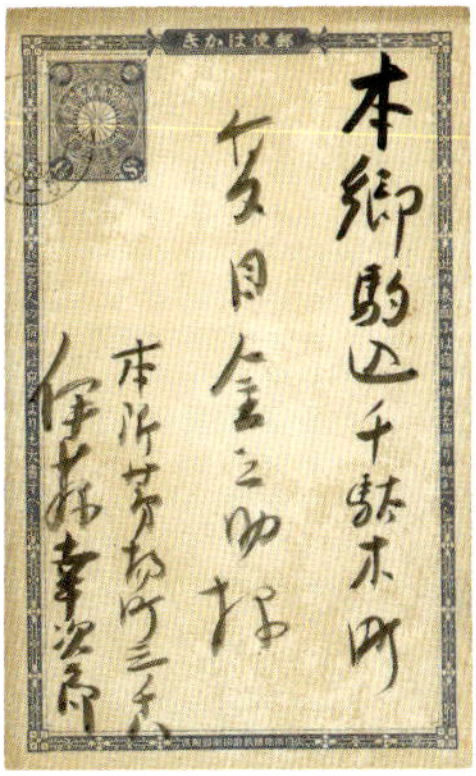

このとき伊藤左千夫(幸次郎)は同じ図柄で何通もの賀状を出しているが、漱石には、明治三十九年一月一日発行の、『野菊の墓』の載った『ホトトギス』正月号をいち早く読んで「名品」とし、「あんな小説なら何百篇よんでもよろしい」と絶賛した手紙(明治三十八年十二月二十九日)に接した感謝を、下方に書き添えている。漱石のアドバイスに納得し、「趣味の遺伝」を『帝国文学』に書いたので読んでほしいという漱石からの要望に応えている。左千夫の漱石宛書簡は、この一通のみ伝わり、『左千夫全集』第九巻(岩波書店、昭和五十二年)で紹介された。

明治四十五(一九一二)年
一月二十五日
内田魯庵より

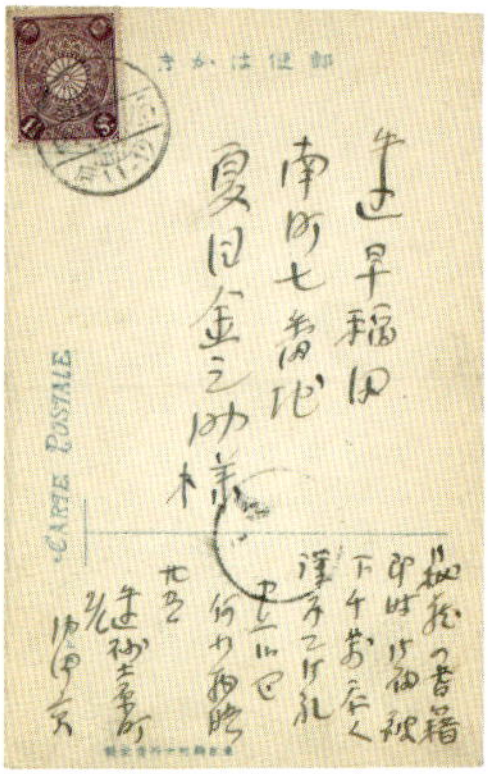

麹町《こうじまち》の丹青堂の、妖怪退治を描く色刷り絵はがきに書かれた礼状。漱石と内田魯庵(貢《みつぎ》)とのつながりは古くからあり、多くの漱石の魯庵宛書簡が伝わるが、魯庵の漱石宛はこの一通のみ知られる。ここでいう書籍が何であるかは未詳。

小山内薫より

明治四十一(一九〇八)年
九月二十二日

銀座上方屋本店製の舞台写真絵はがきで書かれたもの。漱石は小山内薫《おさないかおる》たちの雑誌『七人』に小説を寄せたりして縁が深いが、残念ながら小山内宛の書簡は伝わらない。この舞台写真絵はがきのほか、Niclas Maes の西洋絵画や歌舞伎の絵はがきが伝わる。写真に写っている女優の川上貞奴《かわかみさだやっこ》は、ちょうどこの時期に川上音二郎と帝国女優養成所を開いたばかりで、そうした新しい動きが、翌年の小山内薫の自由劇場創設につながっていく。

近松秋江より

大正三(一九一四)年五月三十日

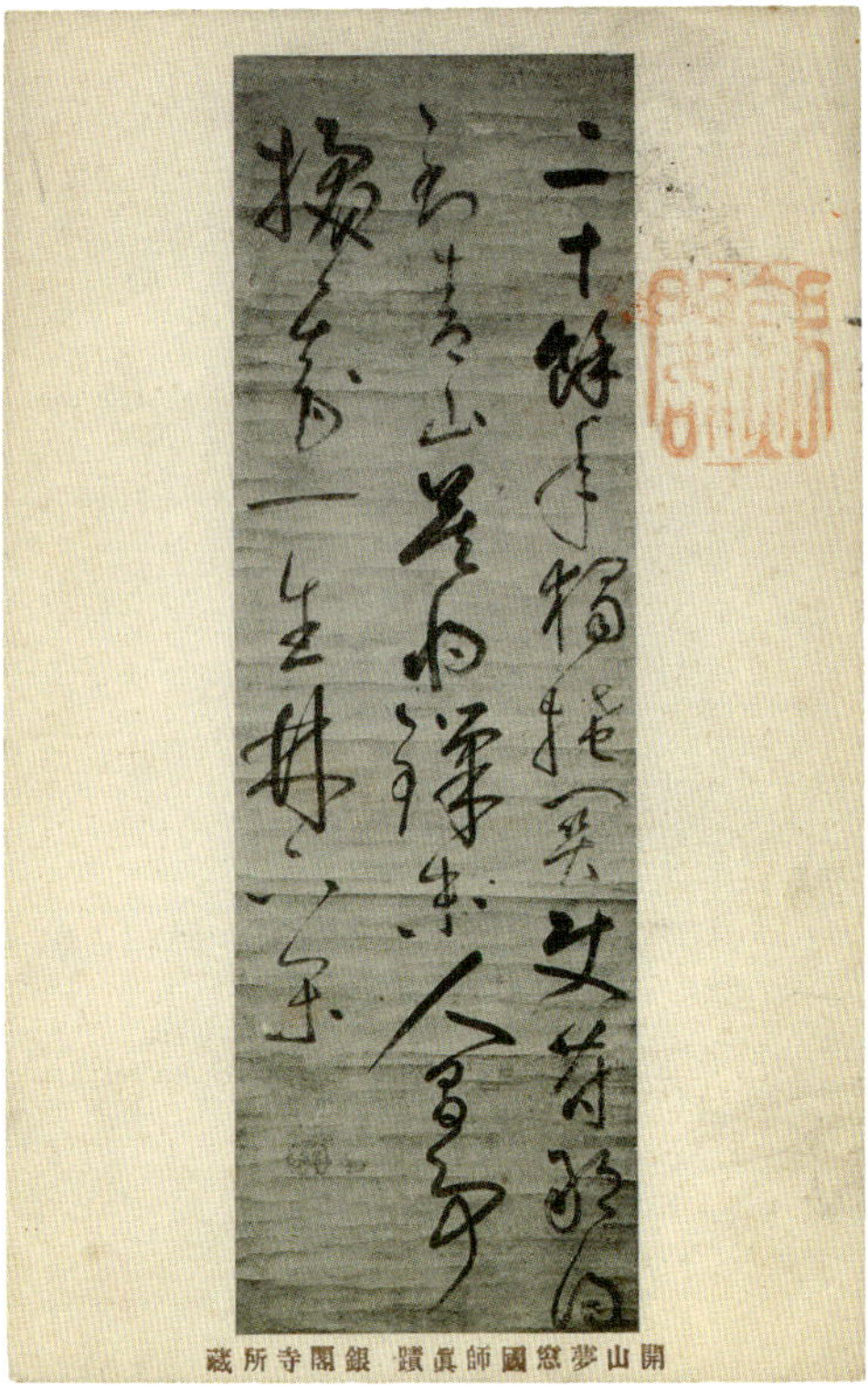

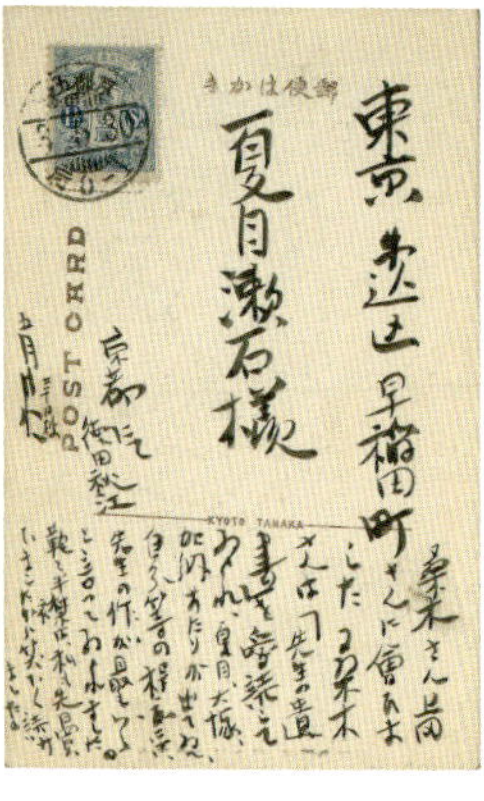

明治末から漱石山房にたびたび出入りしていた近松(徳田)秋江は、大正になり時折京都を訪れている。このときは、京都帝国大学教授だった桑木《くわき》厳翼《げんよく》や上田敏とも会ったらしく、大正三年四月二十日から連載中の「心　先生の遺書」を話題にしている。漱石より七歳年下の桑木にとって、この作品は自分たちの世代の学生生活を思い出させるようすがとなったのであろう。

SOSEKI NATSUME

津田青楓より
大正二（一九一三）年九月十八日

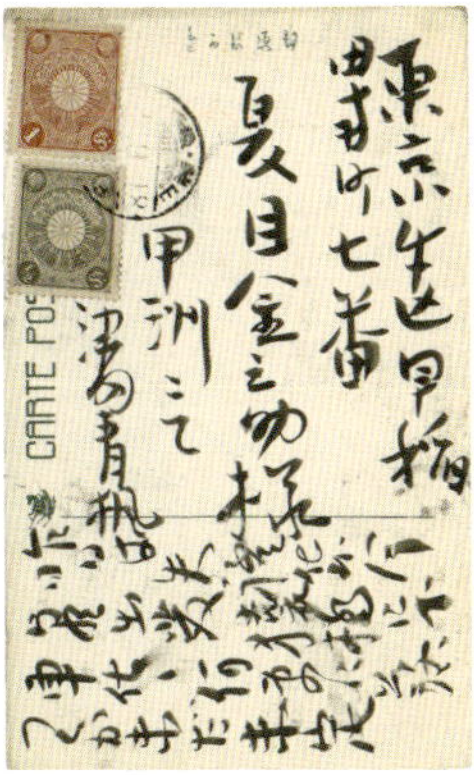

山梨県の猿橋名勝の橋畔奇岩の写真絵はがきで書かれた、旅先からの便り。津田《つだ》青楓《せいふう》の『春秋九十五年』（求龍堂、昭和四十九年）の「自撰年譜」の大正二年の項に、「この頃漱石先生油絵に興味をもち、二三枚余とともにかかれしも、性に合はずとて南画的なるものをかきはじめる。先生との間に手紙往来訪問つづく」とある。このころから青楓は漱石の本の装丁を担当することになる。漱石の青楓宛の書簡は多いが、漱石宛の絵はがきはこの一通のみ伝わった。

此はがき、今日他人から
届いたから何か天のふ從の
材料にもなれかしと望んで
早速送る、生らなくとも
生る様にはするのがエライのだね
僕もちと大膽だがパラダイスロスト
の韻文（七調）譯をはじめた
正月の太陽へ陸續掲出する都合だ
十二月六日
晩翠

明治三十八（一九〇五）年
十二月六日

土井晩翠より

土井晩翠は留学から帰国して一年、仙台の二高で教授をしていた。明治三十九年一月、二月の雑誌『太陽』に、八七調の「ミルトン失楽園」「同（続）」を発表。漱石は、森田草平宛の同年一月九日の手紙で「先達晩翠が年始状をよこしてまだ教授にならんかと云ふから「人間も教授や博士を名誉と思ふ様では駄目だね。失楽園の訳者土井晩翠ともあるべきものがそんな事を真面目に云ふのはよくない。漱石は乞食になつても漱石だ……」と云ふ様な事をかいてやりました」と記している。三十八年二月二日に、漱石は自画像を描いて晩翠に送り、「此頃の文芸の雑誌に君の詩が載つて居ない事はない。何しろ大《おお》いにやり玉へ筆硯《ひっけん》万歳可賀可賀《がすべく》候《そろ》」と書く。ロンドン滞在中も親交があり、帰国後の著述において鼓舞し合っている時期のものである。

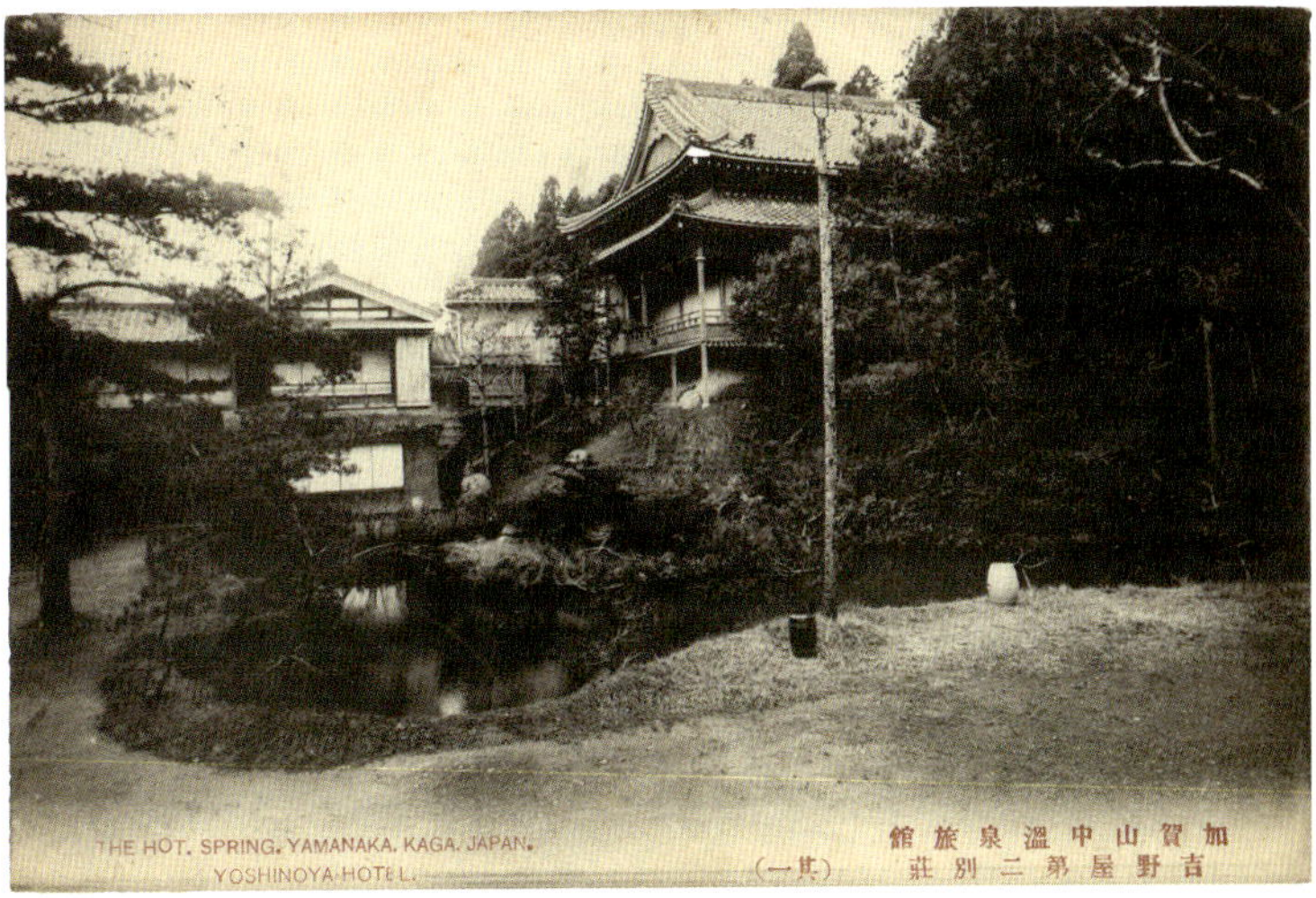

徳田秋声より

大正四(一九一五)年
九月十九日

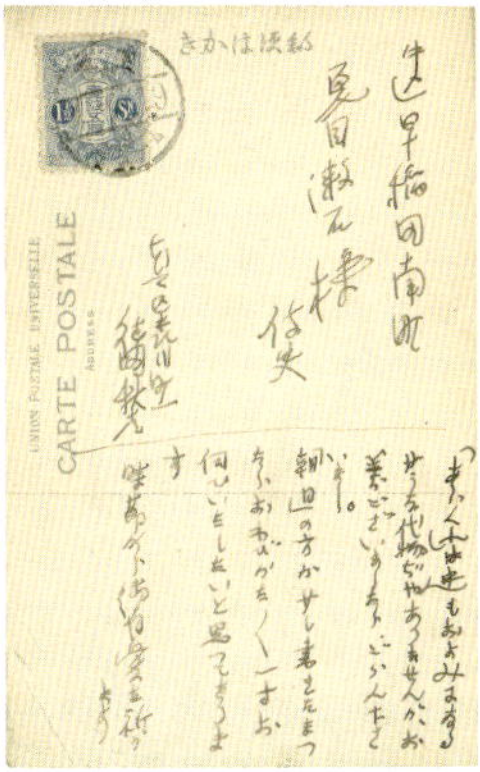

加賀の山中温泉吉野屋第二別荘の写真絵はがきに書かれたもの。秋声の『あらくれ』(『読売新聞』大正四年一月十二日〜七月二十四日、同年九月、新潮社刊)に対しては、談話「文壇のこのごろ」(『大阪朝日新聞』同十月十一日)で読後感を語り、「「御尤《ごもっと》もです」といふやうな言葉はすぐ出るが「お蔭様で」と云ふ言葉は出ない。(中略)フィロソフィーがない」とやや厳しい感想を記した。漱石の『道草』に引き続き、秋声は『東京朝日新聞』に『奔流』の連載(大正四年九月十六日〜五年一月十四日)を始めるが、それに至るまで漱石は懇切丁寧に朝日側の希望を説明している。

鳥居素川より

明治四十一(一九〇八)年
四月十四日

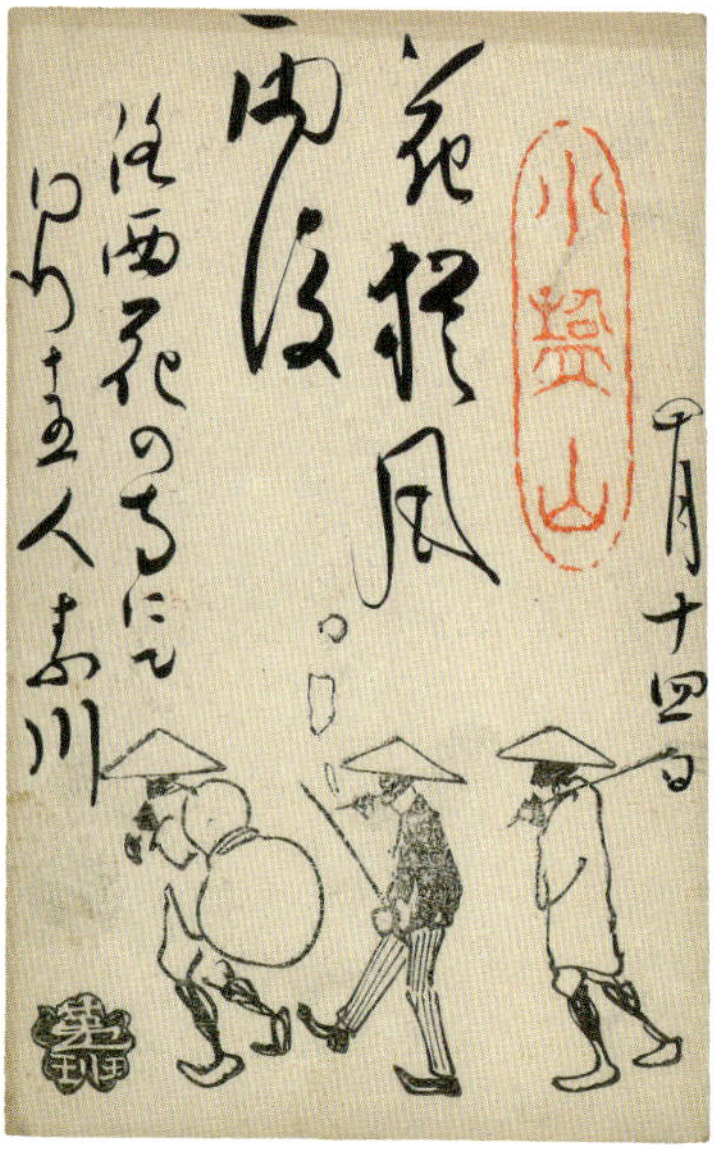

三人の人物を描く、逓信省《ていしんしょう》発行の木版の絵はがきを用いている。この二枚でセットと思われる。「小《お》塩山《しおやま》」の印があるが、京都西方の景勝地に仲間と訪ねた折の通信であろう。山の麓《ふもと》に勝持寺(花の寺)がある。下のはがきの右側に書かれた俳句には「青々」という署名があるが、これは当時大阪朝日新聞社にいた俳人松《まつ》瀬《せ》青々《せいせい》であろう。

大正四(一九一五)年三月二十六日

鳥居素川より

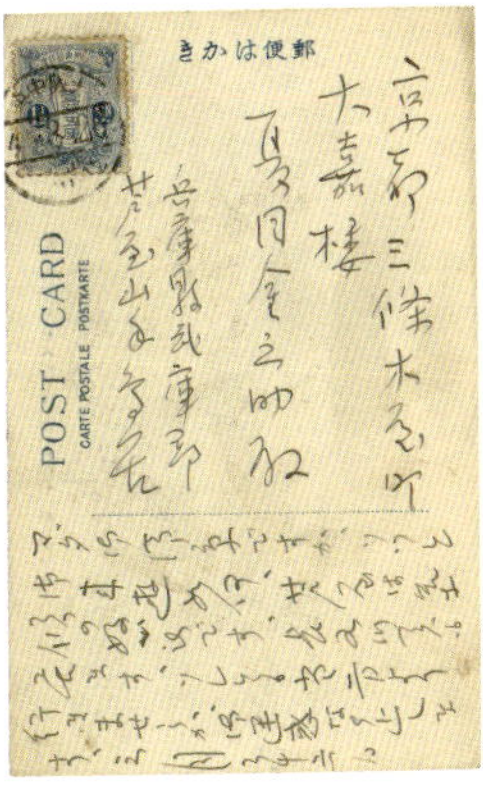

第八回文展三等賞の池田輝方《いけだてるかた》「両国」の絵はがきに記された、芦屋への誘い状。大正四年三月十九日に京都に来た漱石は、木屋町《きやまち》の北大嘉に宿泊、西川一草亭《にしかわいっそうてい》・津田青楓・磯田《いそだ》多佳《たか》らと交友。その後体調を崩し、三月二十五日の帰京予定を延期、鏡子夫人も駆けつけ四月十七日に帰京した。この絵はがきはその間のもので、鳥居素川(赫雄《てるお》)・長谷川如是閑《はせがわにょぜかん》ら大阪朝日新聞社の人びとが、漱石の様子を気遣う心情がうかがえる。

長谷川時雨より

大正三(一九一四)年
一月三十一日

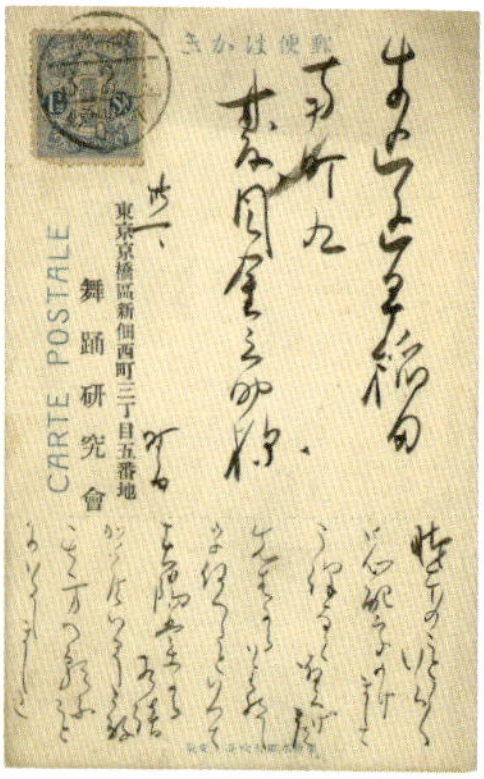

大正二年末、尾上菊五郎《おのえきくごろう》と長谷川《はせがわ》時雨《しぐれ》が狂言座を立ち上げたとき、漱石は頼まれて「顧問」となった。しかし、大正三年二月の立ち上げの公演の後、顧問を辞し名簿から消してほしい、との意向を伝えた。この間の時雨宛の書簡が残っており、新作の森鷗外「曽我兄弟」を、どうやら時雨が『朝日新聞』に掲載してほしいと原稿を送って依頼したらしく、漱石はそれは難しいと断り、一月三十日付で手紙を送っていた。この絵はがきはそれへの返事で、鷗外の戯曲は結果的には三月号の『新小説』に掲載された。なお、この絵はがきの写真は、大正二年歌舞伎座で初演された時雨の「新曲江島生島《えじまいくしま》」を演ずる男寅と米吉である。

藤岡作太郎より
明治四十一（一九〇八）年
六月三十日

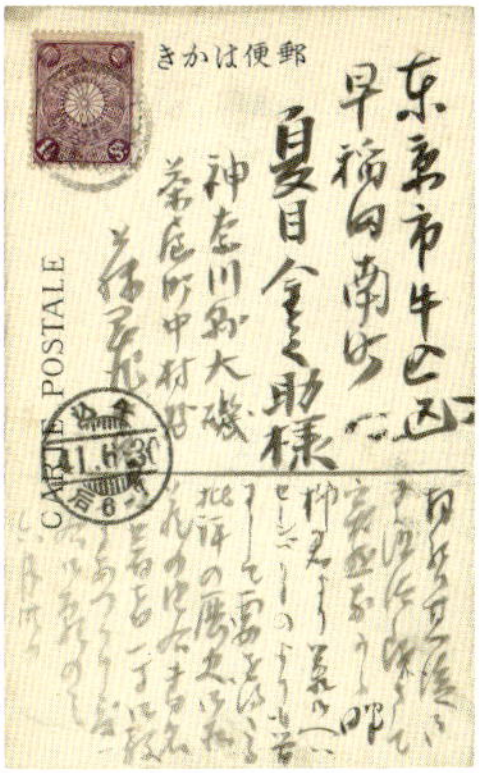

箱根芦ノ湖の写真絵はがき。漱石よりも三歳年下の藤岡作太郎（東圃《とうほ》）は東京帝国大学文科大学の国文学者だが、西片町に住んでいたこともあり、漱石は畔柳芥舟を介して知遇を得、藤岡の娘の死に対しての心のこもった慰めの書簡（明治三十九年八月三十一日）を送ったこともある。藤岡は大磯にもよく滞在している。国文学史を講じていた藤岡が、イギリスの批評家センツベリーよりもいい著作について、漱石に尋ねたものの。漱石は翌七月一日にすぐさま藤岡に手紙を送り、その本は、W. B. Worsfold の著作であると、書名と発行所を教えている。

松本文三郎より

明治四十一(一九〇八)年
一月二十六日

松本文三郎は、金沢生まれのインド哲学者。学科は違ったが、漱石とは大学時代からの友人で、松本が京都の文科大学教授に就任したとき、漱石は、文科大学の記念絵はがきの寄贈を受け、「あの絵葉書は高尚にて面白く候《そろ》」(明治三十九年十一月十六日)と書き送り、興味を示している。明治四十年の京都滞在時に再会、その後折に触れ手紙のやりとりがある。「漱石の思ひ出」(『漱石全集』「月報」第十六号、昭和十二年二月)からは二人の交友の様子がうかがえる。裏面は、越後出身の味方海山《みかたかいざん》が描いた指頭画《しとうが》。梅に「一安天下春海山指頭書画」と書かれている。味方はこのころ京都に滞在していた。水分を含むと膨らみが生じる「活動紙」という特別な紙質のはがきが用いられている。

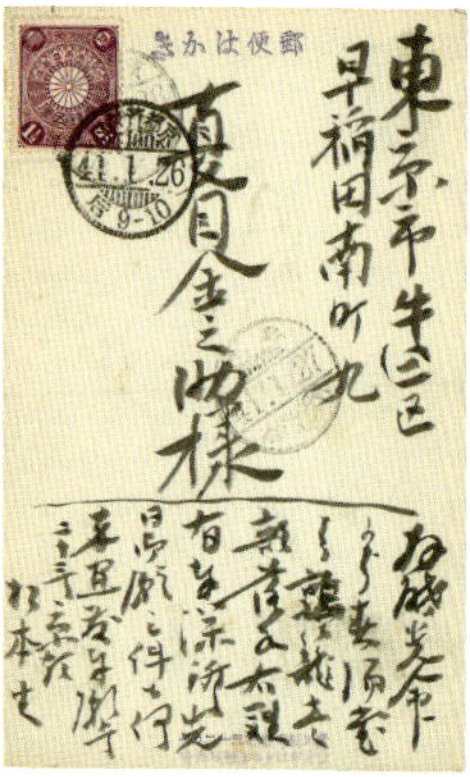

水落露石より

明治四十四(一九一一)年十月十二日

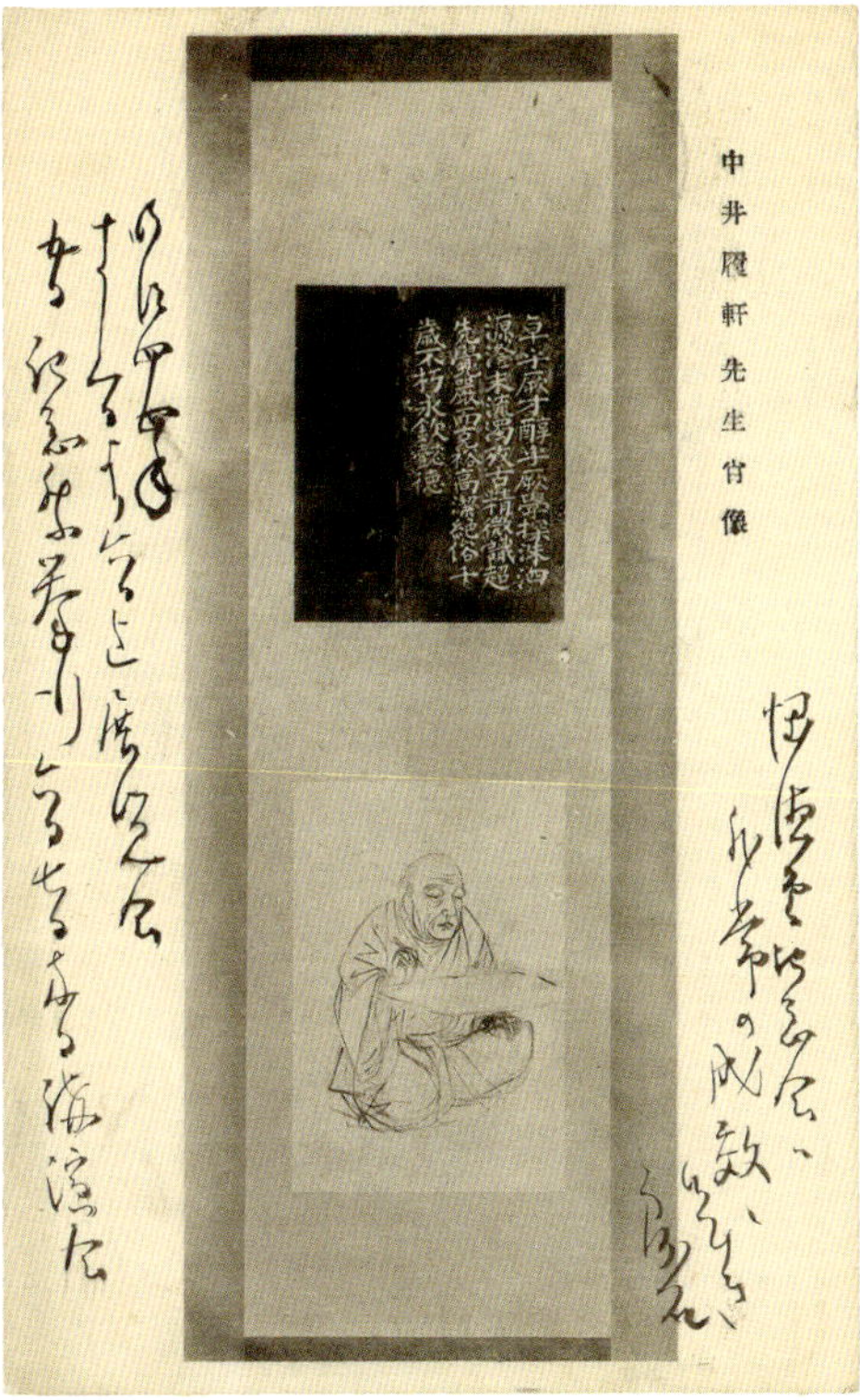

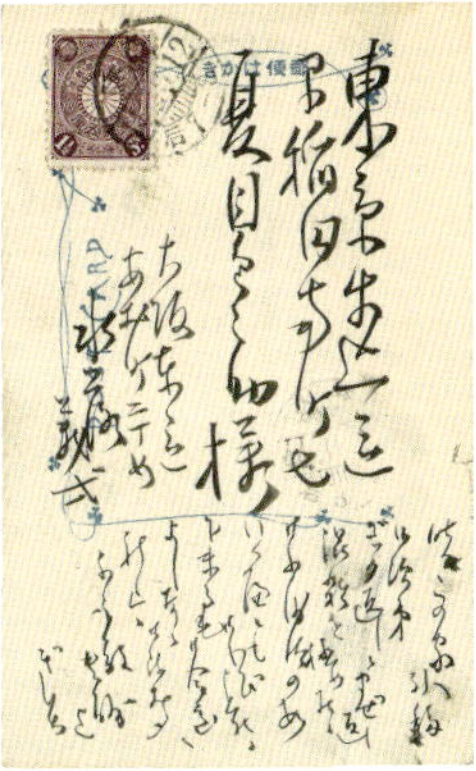

水落露石は大阪の人、正岡子規に師事し、俳書の蒐集家《しゅうしゅうか》としても知られる。江戸の儒学者中井履軒《なかいりけん》の肖像の軸を印刷した絵はがきを用いたもの。履軒らが盛り立てた大坂の学問所懐徳堂《かいとくどう》を記念する活動を露石が進め、その絵はがきを用いている。同じ日に出されたもう一枚の絵はがきに続くものである。

明治四十一（一九〇八）年
九月八日
松根東洋城・
村上霽月・
下村為山より

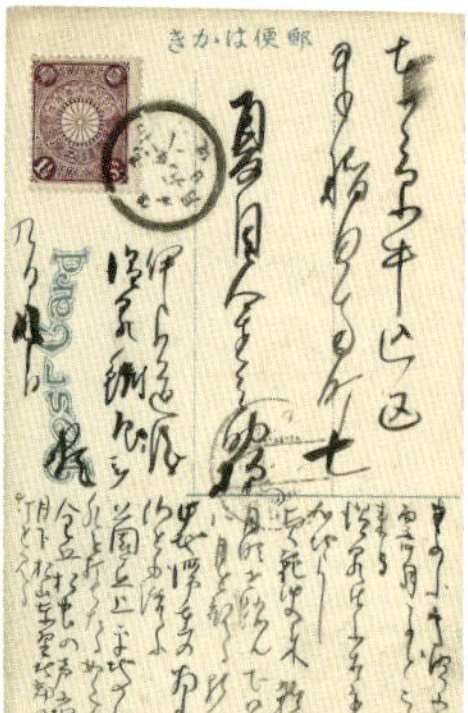

松根東洋城が松山に帰省し、旧知の村上霽月や下村為山《しもむらいざん》と道後温泉の鮒屋《ふなや》に宿泊したときの寄せ書きの絵はがき。それぞれ俳句を記している。写真は、道後温泉本館の霊《たま》の湯。松山時代を漱石も思い出せるようにとの配慮があったのだろう。為山が描いた絵（右下にローマ字の署名がある）を写真版として作られた絵はがきである。

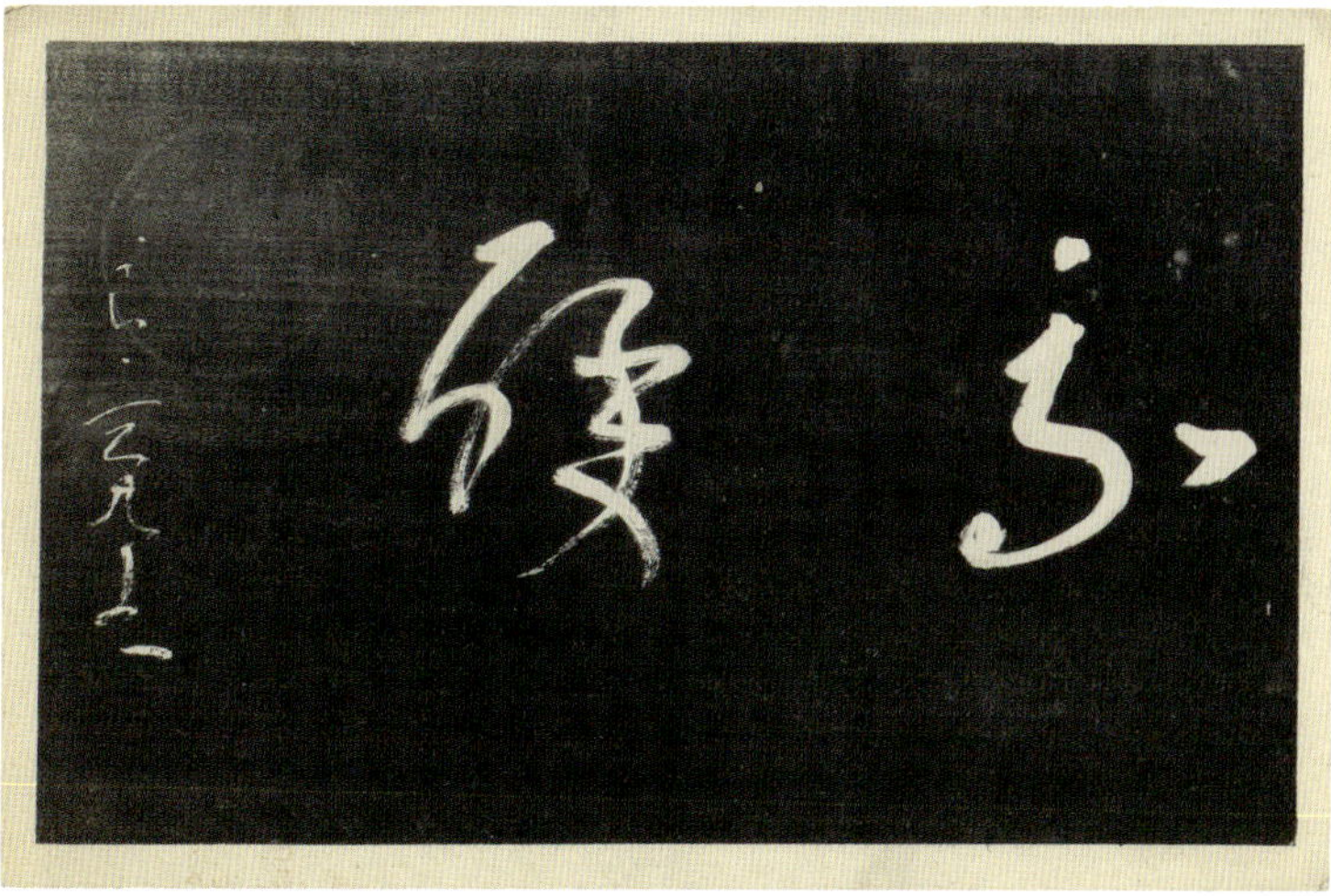

大正五（一九一六）年五月六日
村上霽月より

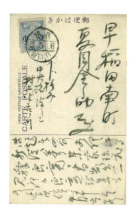

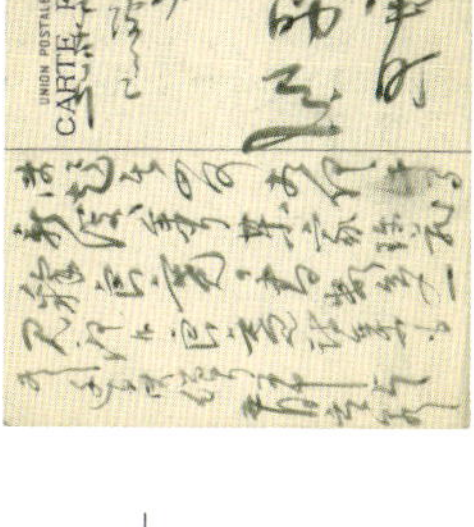

漱石と松山の実業家村上半太郎（霽月）とは、正岡子規を介して、松山時代に交友が始まった。気さくな霽月を漱石は愛し、熊本に移ってからも交友は続いた。晩年は、漱石が愛した良寛《りょうかん》や松山の明月上人《めいげつしょうにん》の書を探して、漱石にもたらしたりした。この絵はがきには良寛の書が描かれている。この絵はがきが出された晩年の大正五年五月にも、上京した折、漱石山房を訪問して歓談している。

大正四(一九一五)年八月二十六日
牧放浪より

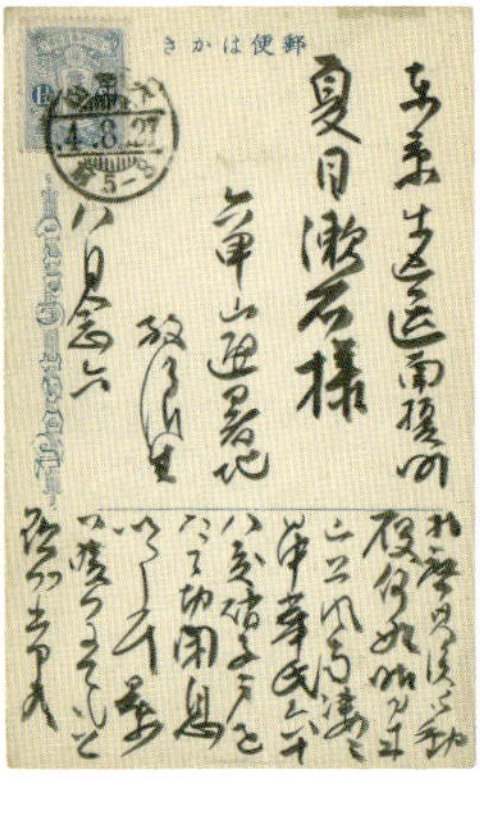

牧放浪(巻《まき》次《じ》郎《ろう》)は大阪朝日新聞社の社員。漱石が関西講演旅行したときにも随行し、同じ班で移動。満洲問題にも詳しく、明治四十四年八月十三日の明石では、漱石の講演「道楽と職業」の前に牧は、「満洲問題」と題し講演、十五日の和歌山での漱石による「現代日本の開化」の講演の前座としては、「列国の対支那政策」と題した話をしている。この絵はがきで、六甲山での心境を、五言絶句二首に表現している。「笑政」(乞玉斧の意)とあるが、漱石が返事をしたかは定かでない。

第4章

海外便り

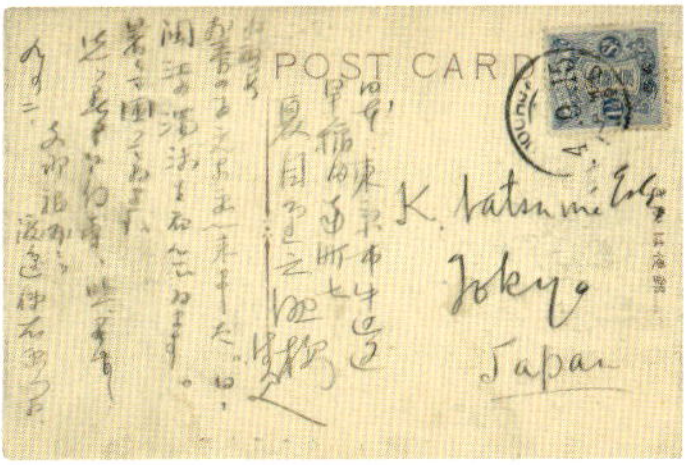

実業家・渡辺伝右衛門からの
絵はがき（大正4年9月2日）

ロンドンに着いた明治三十三年の暮れ、漱石は子規に絵はがきを書いた。イギリス中央銀行と王立取引所に面した広場には二階建て馬車や一頭立ての馬車、帽子をかぶりステッキを持った人などが細密に描かれている。多色石版刷りの美しい絵はがきに、漱石は「始めて英国の「クリスマス」に出喰はし申候《もうしそろ》」と記した。日記には「正岡へ絵葉書十二枚」送ったと記された日がある。一方、子規は漱石の書き送った「倫敦消息」を「君ノ手紙ヲ見テ西洋へ往タヤウナ気ニナッテ愉快デタマラヌ」(明治三十四年十一月六日)と喜んだ。二十世紀の幕開けの年、ロンドンの姿は、手紙と絵はがきによって子規にもたらされたのだった。

　漱石のもとに外国から送られてきた絵はがきも、同じように作用したことだろう。イギリス、ドイツ、北欧、アメリカなどの旅行先・滞在先から、絵はがきが届く。漱石が渡辺和太郎に宛てた手紙(明治三十八年二月十七日)の一節には、「先達《せんだつ》てアメリカの伝ちやんが(略)美しい絵端書を送つてくれました。私は此《この》絵葉書が大すきで机の上へ置いて眺めて居ます」とある。渡辺伝右衛門が送ったこの絵はがきはまだ知られていないが、届いた絵はがきを漱石はこのように眺めていたのだとわかって楽しい。

　イギリスからは、漱石の留学の地を訪れた人びとの感慨が伝わってくる。異郷で、漱石の作品の載っている新聞が、家族から届いたうれしさを記している絵はがきも胸を打つ。国際電話も航空便もなく、ヨーロッパからの便りは「シベリア便」と必ずある。漱石のころは、大西洋をわたりアメリカ経由のほうが日本に届くまでの日数が少なかった。遠国から届く絵はがきは、この上もなく貴重なものであった。

明治四十一（一九〇八）年九月三十日

伊東栄三郎より

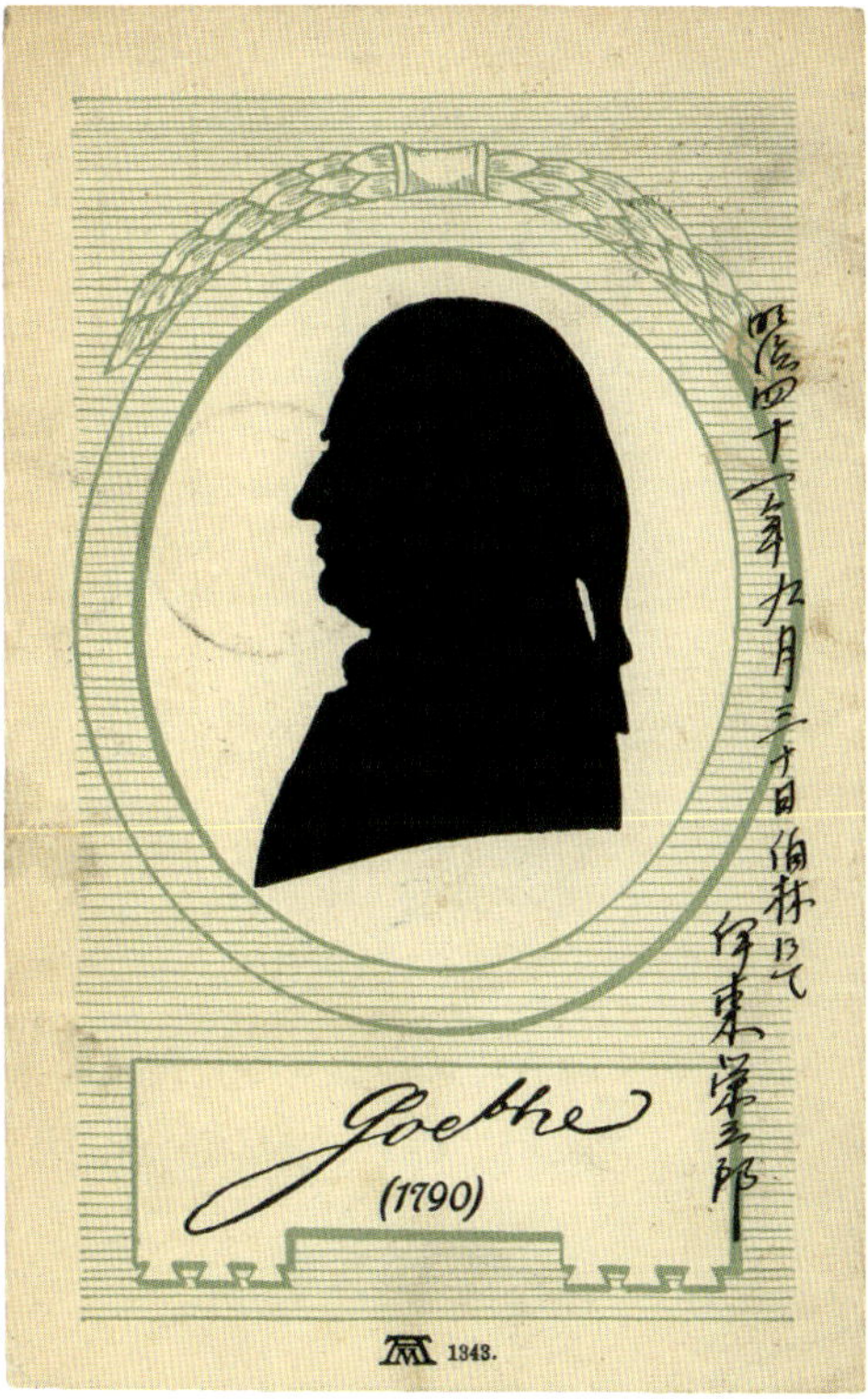

五高での教え子で東大助教授の伊東栄三郎がベルリンから出した絵はがきで、ゲーテの横顔のシルエット。家族から留学先に送られてきた日本の新聞の切抜きがいかにうれしいものであるかを伝えている。ましてや恩師の新作である。杉村楚《すぎむらそ》人冠《じんかん》の記事は、朝日主催の世界一周旅行に同行しての連載で、『半球周遊』（明治四十二年一月）に収録された。伊東は帰国直後の明治四十四年、九州帝国大学工科大学創設時に応用化学科の教授となるが、翌年に没した。大正元年九月二十八日の漱石の日記には、報知を受け弔詞を出したとある。

内丸最一郎より

大正二(一九一三)年一月二日

内丸最一郎は寺田寅彦と同期の五高での教え子。東京帝国大学で内燃機関の研究をした。大正六年に工科大学教授となる。留学先の各地で実地の研究を重ね、パリから、洗練された流行の先端を描く絵はがきで年始の挨拶を出した。内丸の回想には、五高時代に学資が途絶えたとき、漱石が学費の負担を申し出たこと、奨学金を得て援助は受けなかったが、西片町の家を訪ねたとき、内丸に話した貧乏についての話が、小説『野分』の道也先生の演説となっていることが「文豪夏目漱石」で語られている(『新小説臨時号』大正六年一月)。

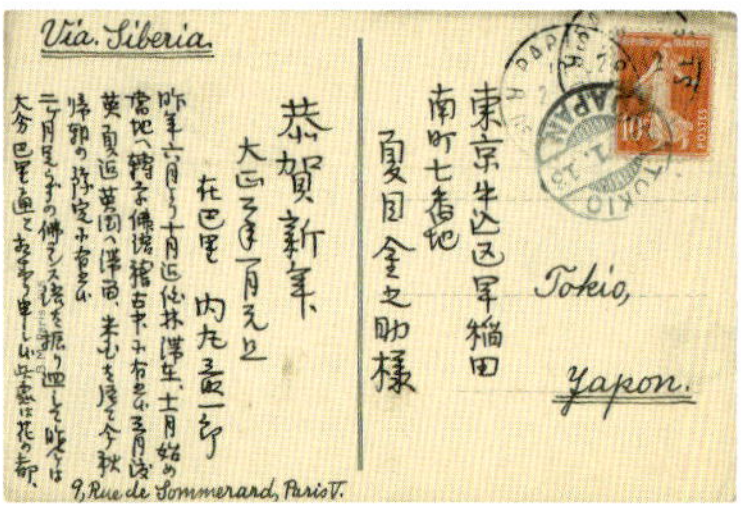

大谷繞石より

明治四十四(一九一一)年
五月七日

大谷繞石《おおたにじょうせき》(正信)は東京帝国大学英文学科では漱石の六年後輩に当たり、松江中学時代からのラフカディオ・ハーンの教え子でもある。子規の門下で俳句をよくした。ハーンの後任に着任した漱石を敬慕し、終世交わりを絶やさなかった。金沢の四高在職中に、イギリスに留学した大谷からは、湖水地方をめぐり文学者ゆかりの地を訪ねた絵はがきが届く。クロスウェイト・チャーチ内のロバート・サウジーの記念像は碑銘をワーズワースが記している。『三四郎』に描かれ、漱石も関心をもっていたラスキンの墓の絵はがきである。

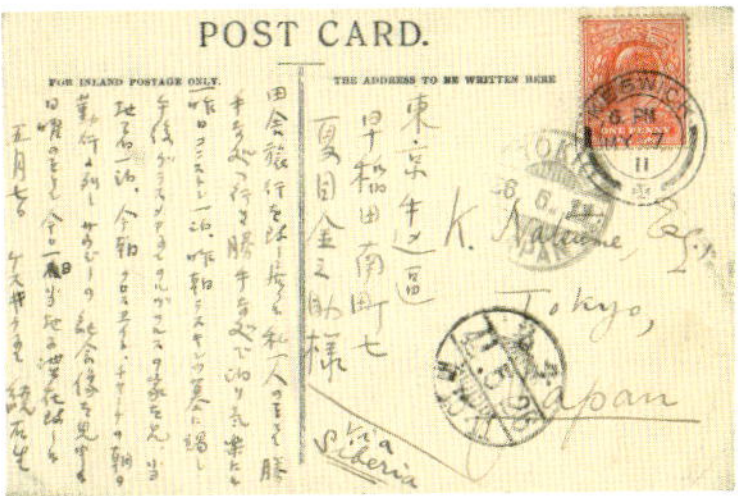

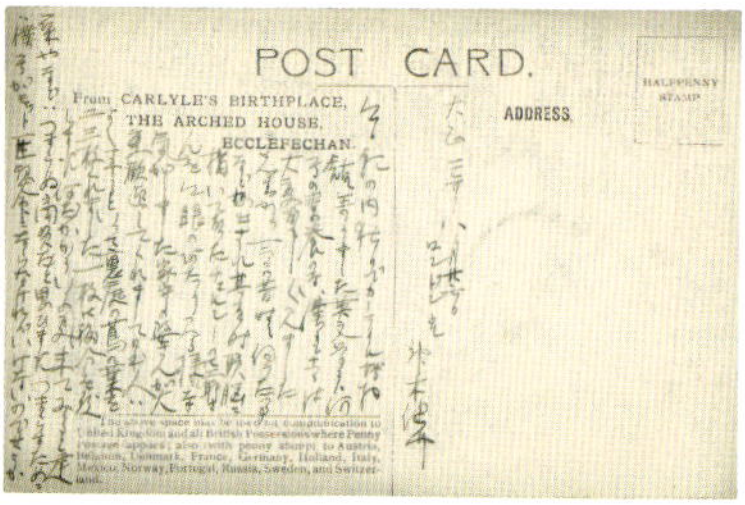

神木健介より

大正二(一九一三)年八月二十六日

神木(のちに、森井姓)健介は、一高時代の教え子。明治四十四年に東京帝国大学建築学科卒業、大正三年十月から東京美術学校教授となった。このときは、ロンドンを訪れていた。建築を文芸や思想と対比させ、カーライル博物館での所感を書き送った。絵はがきは、カーライル博物館内の部屋ではなく、スコットランドのカーライルの誕生した家の一室(CARLYLE'S BIRTH ROOM, ARCHED HOUSE, ECCLEFACHAN)の写真である。この絵はがきと博物館裏庭の蔦《つた》の葉がいっしょに封筒で送られてきたものと思われる。封筒未発見。神木からの絵はがきは、ほかに二通あり、八月十一日にはベルリン、二十一日にはロンドンから出したものが残っている。

小松原隆二より

明治四十二(一九〇九)年八月十六日

小松原隆二は五高時代の教え子で、明治三十三年、東京帝国大学英文学科卒業。明治四十二年三月三日の朝、小松原の洋行の見送りに、漱石は新橋停車場に行った。四月二十三日には寄港地コロンボから来信があった（「日記」）。このとき小松原は鹿児島の七高教授で、後輩の野間や皆川が前年に七高に赴任している。ロンドンの住宅街の一角を背景にしたこの絵はがきは、A. & G. Taylor 社の “Orthochrome” シリーズの一枚で、自然な色彩に近づいたカラー印刷のものである。小松原は、のちに姫路高校、名古屋の八高、富山高校などの校長をつとめた。

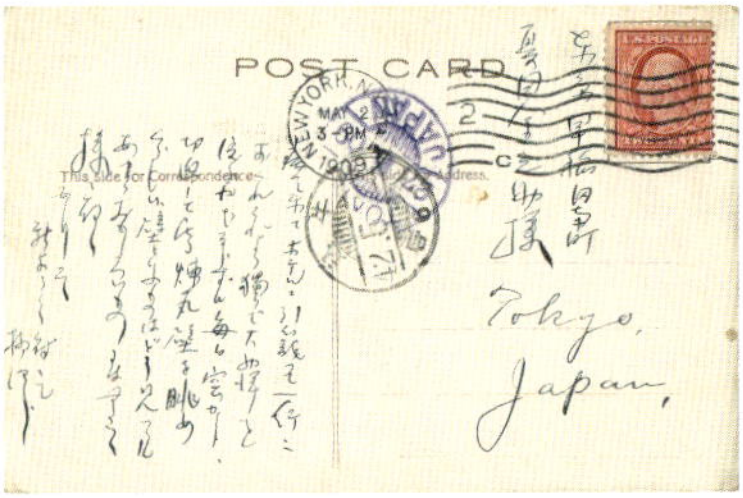

渋川玄耳より

明治四十二（一九〇九）年
五月二日

渋川玄耳《しぶかわげんじ》（柳次郎、藪野椋十《やぶのむくじゅう》）は、東京朝日新聞社の社会部長で、このときトーマス・クック社の世界一周旅行に特派員として参加していた。五高時代の漱石と俳句を通じて知り合い、のちの朝日入社にも尽力した。渋川の見送りには、朝日関係の人びとが参集し、漱石も新橋駅で見送った。世界各地の読み物ふうの見聞録は『藪野椋十　世界見物』となって明治四十三年に刊行された。ダッチガーデンの絵はがきを用い、ニューヨークで肌で感じたことを率直に書いて憚《はばか》らない。開始した渋川の連載を読んだ漱石は四月二十九日の「日記」に、「文達者にしてブルコト多し」と記した。社内の対立から明治四十四年九月、池辺三山が朝日を退社するが、残った渋川も翌年朝日を去った。

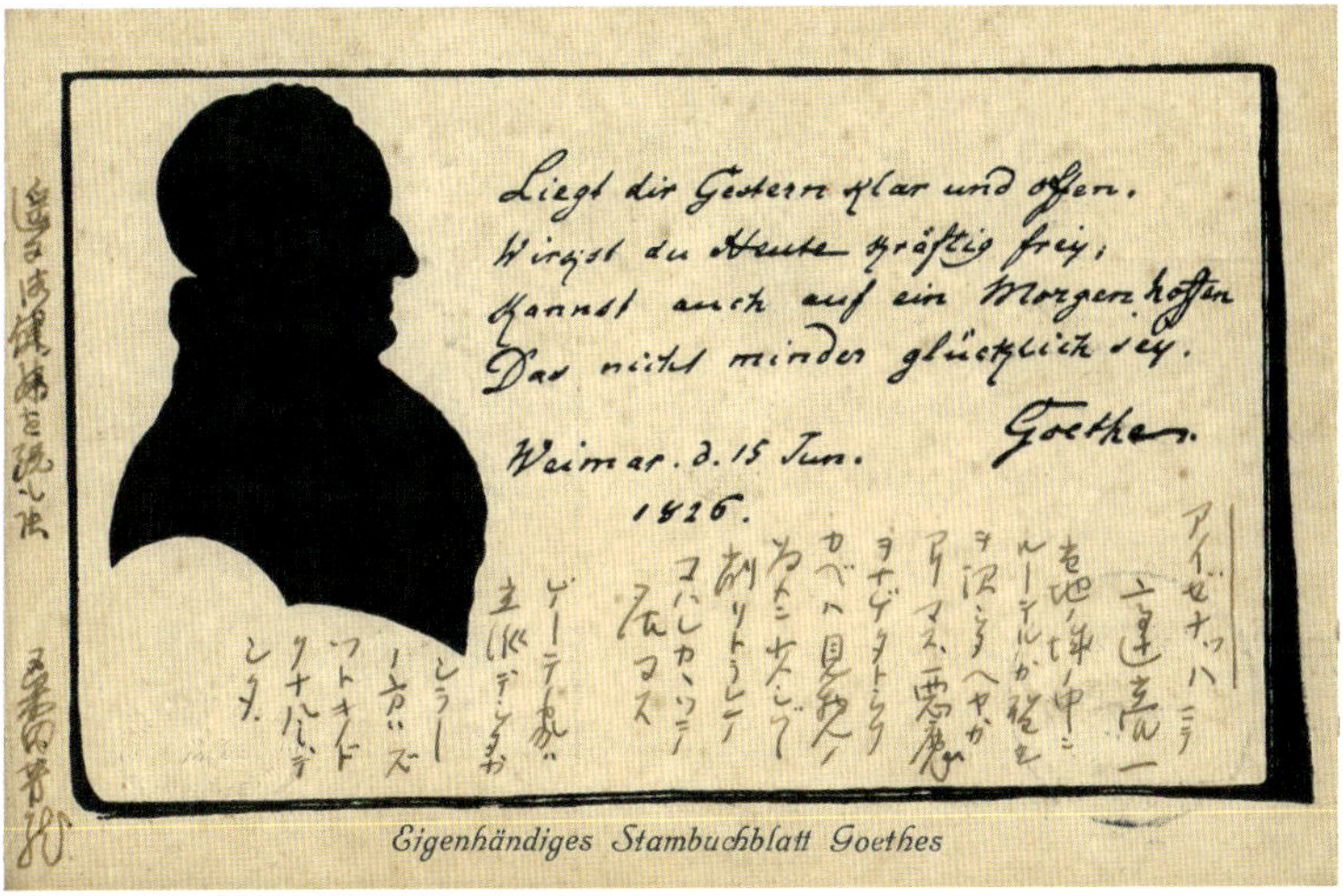

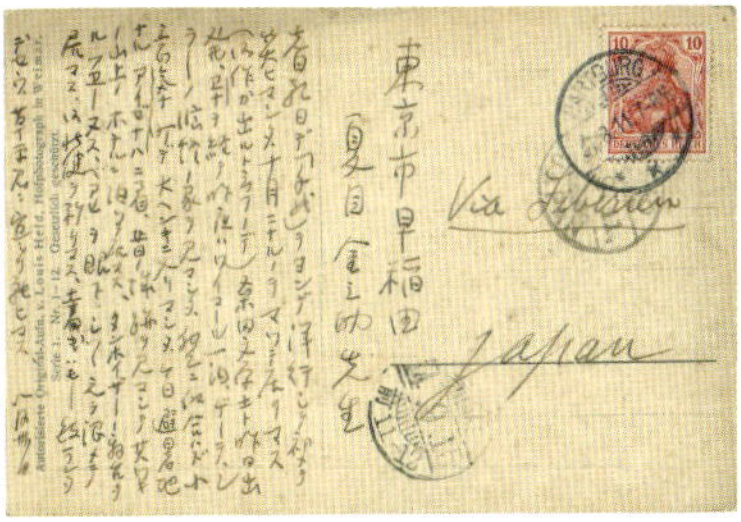

高辻亮一・桑田芳蔵より

明治四十四（一九一一）年八月三十日

東京帝国大学法科大学卒の高辻亮《たかつじりょう》一《いち》は明治生命保険会社から派遣されドイツに留学、明治四十三年秋から大正二年秋まで、ゲッティンゲンに滞在（のちライプツィヒへ移る）、ドイツ留学の最後の場所として選び滞在した寺田寅彦と数か月だが現地で交友した（詳しくは高辻玲子『ゲッティンゲンの余光』（中央公論事業出版、二〇一一年）を参照）。実は、高辻は一高の同寮の親友森田草平に連れられ、漱石山房を訪問したことがあるという。漱石書簡に高辻は二度登場、草平の親友として草平を自分の部屋に迎え入れたりしていることが記されている。東京帝国大学文科大学哲学科で心理学を学んだ桑田芳蔵も、ライプツィヒ大学で学んでおり、高辻の親友の一人。

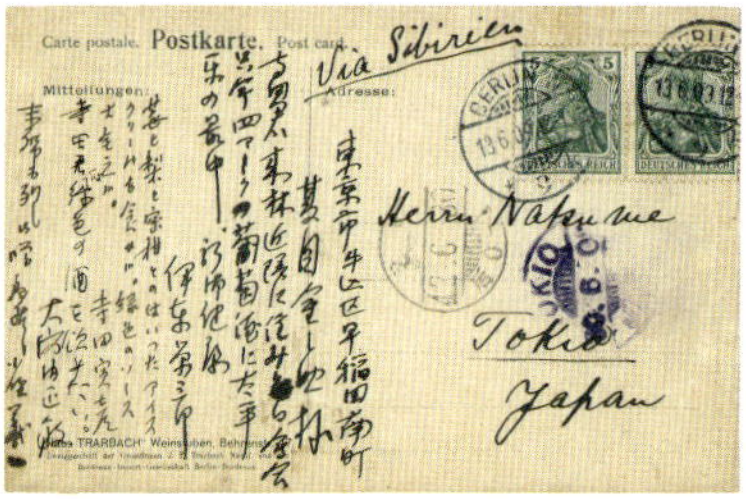

寺田寅彦ほかより
明治四十二(一九〇九)年六月十二日

学位を受け、東京帝国大学理科大学助教授となった寺田寅彦は、二年間の留学のため明治四十二年三月東京を出発、五月六日にベルリンに着いた。ベルリン大学に入学、その地の日本人と交友した。A. Klingnerの絵画による絵はがきで、連名の通信を寄せたのが、まず伊東栄三郎であり、寅彦よりも早く留学生活を送っていた物理学者大河内正敏(明治三十八年に東京帝国大学工科大学卒、寅彦と同い年)であり、大蔵官僚の小野義一(明治三十八年法科大学卒、寅彦より二歳年上)であり、そして寅彦だった。陽気であけっぴろげなはがきは、年齢の近い者同士の親しみと、異国での自由な生活をうかがわせる。

寺田寅彦より

明治四十二（一九〇九）年七月四日（五日）

漱石の『三四郎』の初版は、明治四十二年五月十三日に春陽堂から出たが、ちょうどそれが届き読了したころにこの絵はがきが出されている。懐かしい東京の風景を思いつつ、一方でベルリンの新しい芸術・風俗にも興味を持つという心情が記される。ワグナーの歌劇「ローエングリン」に心を寄せ、絵画の展覧会に足を向ける姿に、この時期の寅彦のあり方がうかがえる。描かれた二人の西洋人は装飾的で、デザイン的な面白さが感じられる。

明治四十二(一九〇九)年
七月二十三日

寺田寅彦より

現在伝わる寅彦のドイツからの絵はがきは十通であるが、その多くにドイツの風俗、とりわけ街の人びとが描かれたものが選ばれているのは、興味深い。ベルリン中央駅があるフリードリッヒ通りは、ベルリンでも最もにぎやかな場所である。そこでの新聞売りの売り声を、言葉で巧みに再現している。

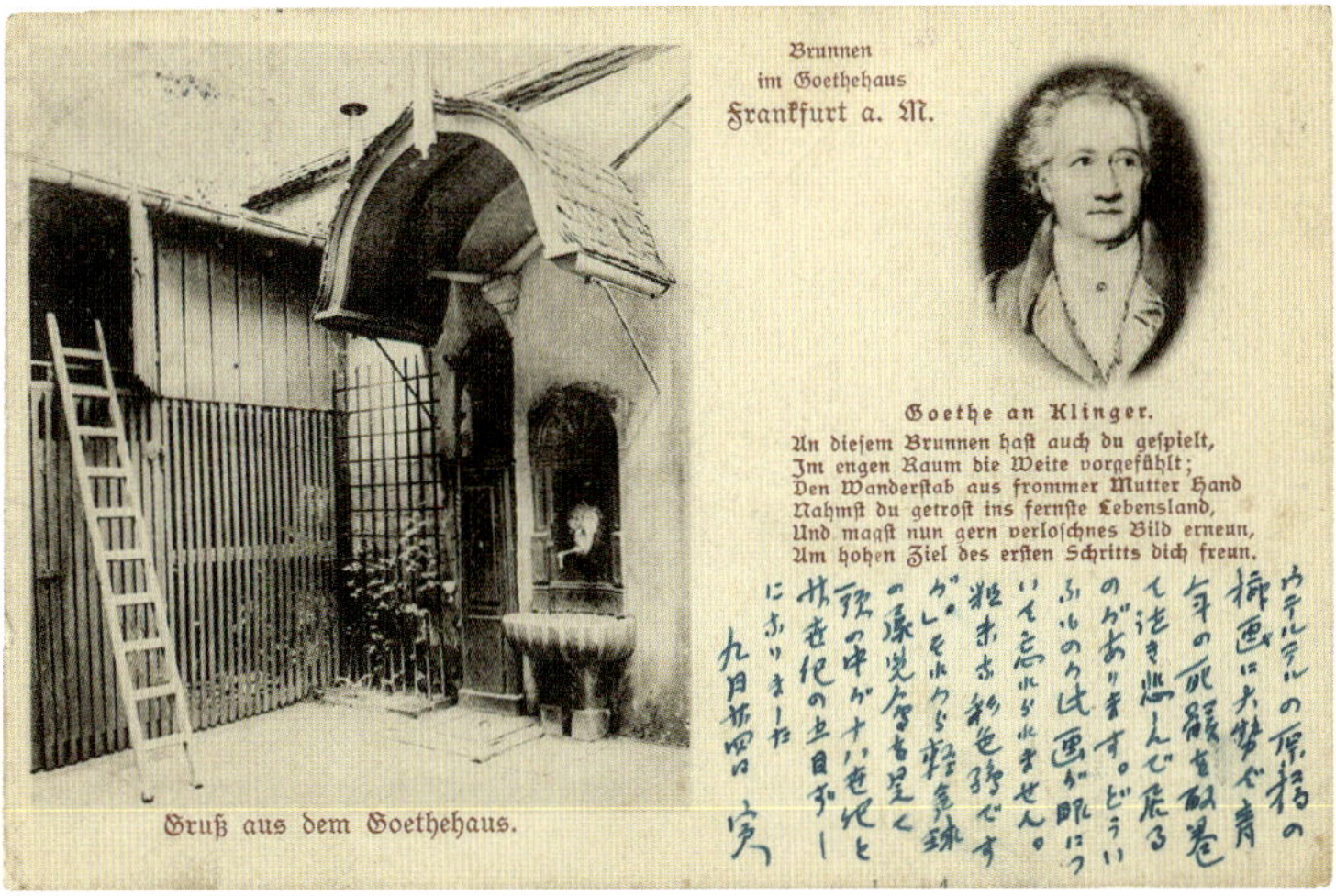

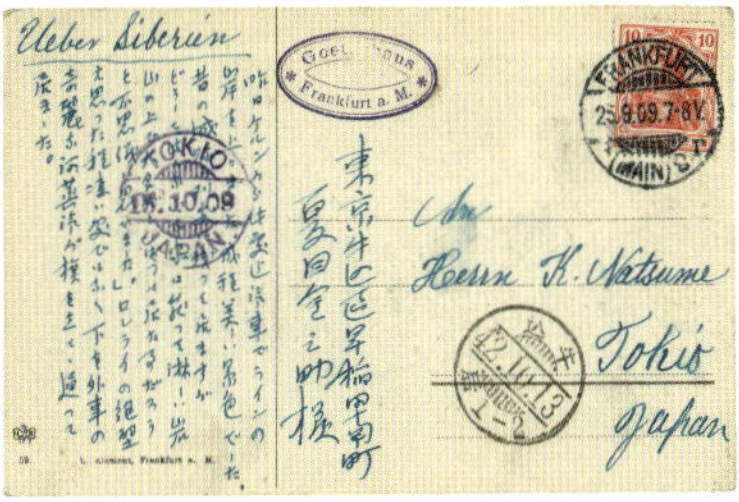

明治四十二(一九〇九)年九月二十四日

寺田寅彦より

寺田寅彦はベルリンから、ヨーロッパの各国へ、研究者との交流、研《けん》鑽《さん》のために旅行を重ねていた。このときは、オランダから戻る途中だった。ライン川を遡上し、フランクフルトでゲーテハウスを見学した際の絵はがき。『若きウェルテルの悩み』の原稿の挿画に心を寄せている。ライン沿いに点在する山頂の小さな古城、ローレライの岩山。目の前に現れるものが、正確に観測する眼で捉えられる。軽気球への言及に、『三四郎』の「空中飛行器」の一節が思い出される。

寺田寅彦より

明治四十三(一九一〇)年
十月十八日

修善寺での大患を知らされた寺田寅彦は、明治四十三年九月三十日、ベルリンから長い手紙を書いた。帰京後入院中の十月二十日、その手紙を読んだ漱石は、日記に「旅行中の事など巨細記しあり面白し」と記した。ゲッティンゲンに移った寺田は、コロンバージュ様式の家並みの絵はがきに、「東京から高知へ帰つた様」と記した。小宮豊隆宛の二十二日の手紙では、ゲッティンゲンを「月沈原」と記し、「始めて西洋の秋を知りました」と記し、この地で「日本を想ひ、早稲田を想ひ南町七番地を想ふ事が多くなりました」とある。

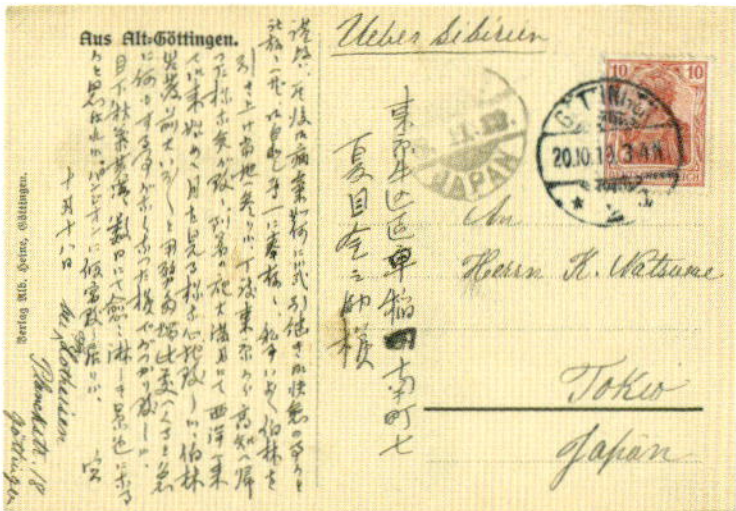

成瀬正一より

大正五(一九一六)年十二月十日

芥川龍之介・久米正雄らと第四次『新思潮』を出していた成瀬は、東京帝国大学英文科卒業後の大正五年八月に欧米に留学。のちに仏文学者の道を歩むが、一時は木曜会に参加。この絵はがきは十二月十日にニューヨークで書かれているが、元よりその前日の漱石の逝去を、成瀬は知らない。その絵はがきはメトロポリタン美術館のキリスト像(フランドルの画家で聖母画の巨匠と言われたA. Isen-brant の名がある)で、これを漱石没後に見ることができた松岡譲などは、その時間差を印象深く感じたという。

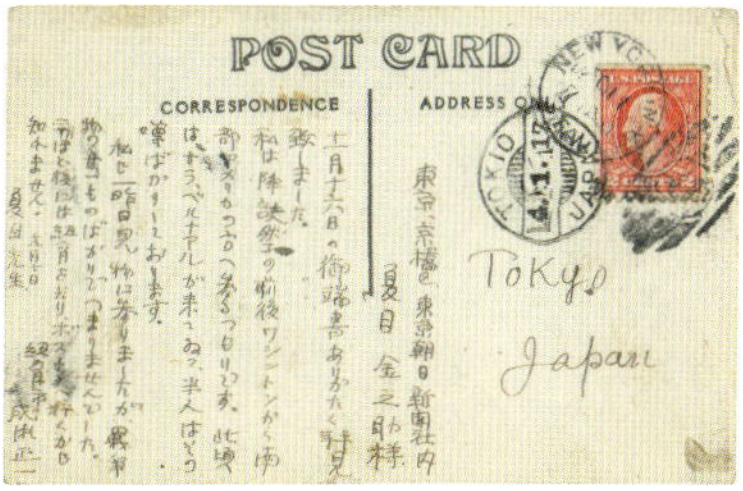

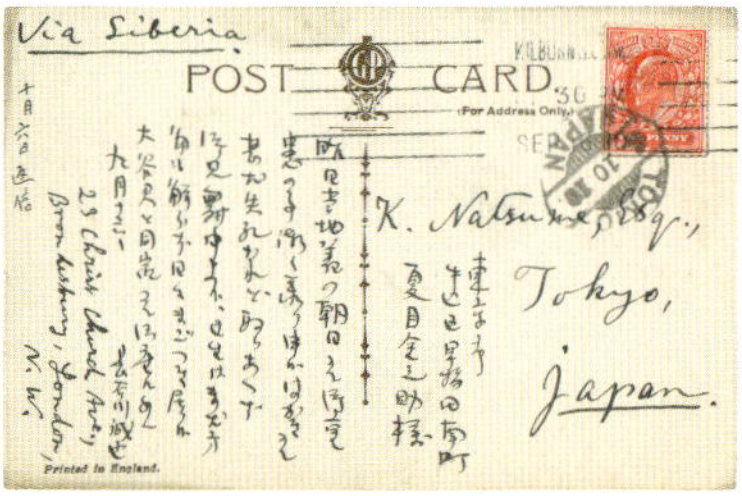

明治四十三（一九一〇）年
九月十六日
長谷川天渓より

自然主義の評論家として知られる長谷《はせ》川天渓《がわてんけい》（誠也）は、明治四十三年四月にイギリスに留学した。博文館からの派遣で、出版事業の見聞を得るためであった。大正元年十月に帰国。その間、漱石の修善寺の大患の知らせを受けて書かれたのがこの絵はがきである。キュー・ガーデンの風景は、漱石への思いが込められたものであったろう。漱石が長谷川天渓について触れたのは、談話「批評家の立場」（『新潮』明治三十八年五月）のみで、そこでは、トルストイの長篇にかぶれずにいる態度を「正直」と歓迎していた。天渓宛の書簡は伝わっていない。

第5章

満韓の人びと

満鉄関係者・上田恭輔からの絵はがき
（大正元年10月28日）

漱石は明治四十二（一九〇九）年九月二日に東京を出、十月十四日に下関に帰着するまで、若き日からの友人で、当時南満洲鉄道の総裁であった中村是公の招待により、満洲と朝鮮に旅行した。「満韓ところ〴〵」は、帰国後に書いた旅行記で、書かれたのは旅程の半分ほどだが、現地で何を見、何を感じたかが記されている。注意すべきは、多くの既知の人びとと再会したことで、大連税関長の立花政樹は英文科の上級生であり、大連では五高時代の教え子俣野《またの》義郎《よしろう》、若き日の友人橋本《はしもと》左五郎《さごろう》に会い、旅順では佐藤《さとう》友熊《ともくま》にも会った。そうした体験は、その後の彼らからの時折の絵はがき通信につながる。

時代的にみても、日露戦争後の満洲・朝鮮の地は、内国の人びとにとって珍しい土地であり、その街や名所の写真絵はがきが多く発行された。満韓の人びとはそうした土地の絵はがきで漱石に便りを出した。実は、この満韓旅行中に、漱石も各地の写真絵はがきを買い求め、未使用のまま持ち帰っており、それらも岩波書店に残されている。

西村誠三郎は早大卒で、明治四十二年には一時夏目家の書生もつとめた人物である。満韓旅行のつてによる漱石の推薦で満洲に渡り、『満洲日日新聞』に入り、のち大連の民間施設「子供館」で働いた。漱石作品に出て来る所謂《いわゆる》「大陸放浪者」のモデルにもなっているとされるが、その経歴を示す漱石宛の絵はがきが残されており、注目に値する。

明治？年
十二月八日

上田恭輔より

「南満洲湯崗子《とうこうし》温泉清林館」の絵はがきに入湯記念のスタンプが押されている。アメリカの大学に学び、各国語に通じた上田恭輔の才能は、満鉄入社につながり、満韓旅行のとき漱石も大連で世話になっている。その後も交友は続き、大正元年八月二十九日に中村是公らと信州上林《かんばやし》温泉に、また大正四年十一月十四日に是公と湯河原温泉に滞在した際、皆で大連の上田に寄せ書きの絵はがきを送っている。上田は古美術にも関心を持ち著書を刊行、漱石にも贈呈している。漱石宛絵はがきはほかに二枚残されており、大正元年十月に釈宗演《しゃくそうえん》が満洲を訪れた折に皆で撮った集合写真も含まれている（本章扉絵参照）。

明治四十四（一九一一）年
一月六日

中村是公より

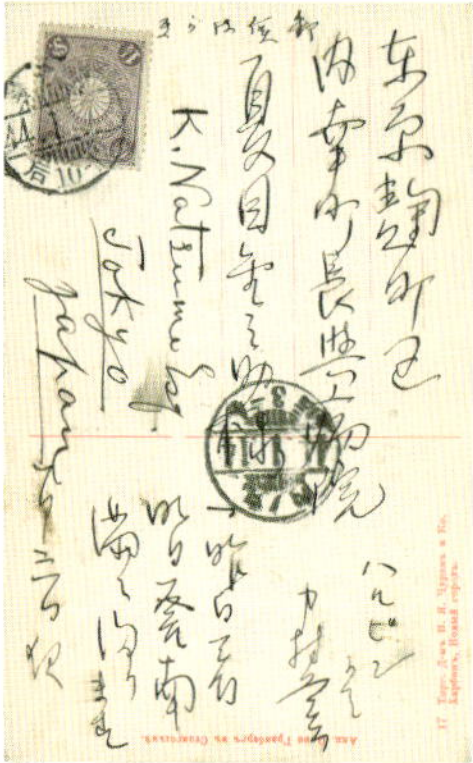

「Видъ части Нов. Города и Больница К. В. Ж. Д. Харбинъ.」及び「Ansicht der neuen Stadt und Krankenhaus der Chinesischen Gesellschaft. Charbin.」と記載のある風景写真絵はがき。ロシア語・ドイツ語の意味は、「東清鉄道病院と新市街の眺め　ハルビン」である。是公との交友は予備門以来早くからあり、漱石の生涯を考えるときには忘れられない人物だが、残されている是公宛の書簡はごく少ない。是公からの絵はがきもこの一通のみが伝わる。

明治四十三(一九一〇)年
七月二十七日
西村誠三郎より

『満洲日日新聞』の発行した安東県新市街の写真絵はがき。西村誠三郎は早稲田大学で学び、明治四十二年には漱石山房の書生をつとめ、この年の漱石日記に登場する。「濤蔭（とういん）」の号で『ホトトギス』に作品を書いた。満韓旅行の後、漱石は満洲での就職口を世話し、誠三郎は明治四十二年十一月に大陸に渡り、一時『満洲日日新聞』で働き、小説を連載。この絵はがきは、そのころのもの。巌谷小波・久留島武彦《くるしまたけひこ》のお伽倶楽部《とぎくらぶ》にも参加、のちに大連の「子供館」で働き、さらに帰国後は口演童話の分野でも活躍。誠三郎の妹も漱石宅で「お梅さん」と呼ばれ、鏡子の手伝いをして親しまれていた。漱石夫妻は、明治四十四年五月には彼女の結婚の世話をした。

西村誠三郎より

大正二(一九一三)年
十月七日

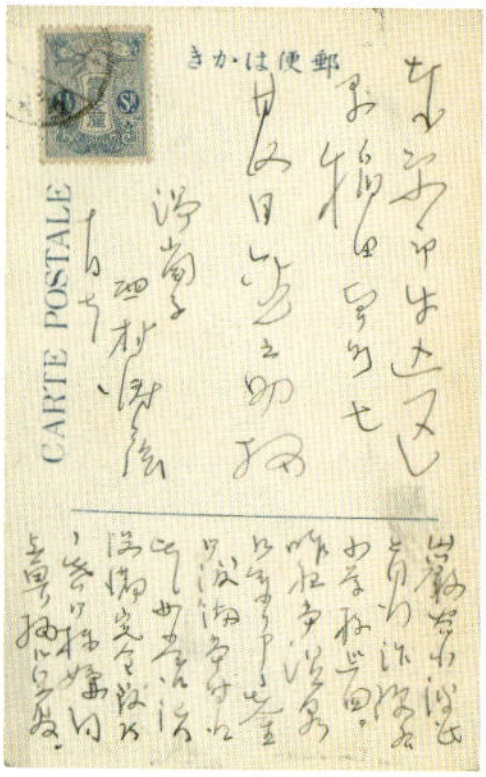

千山風景「仙人台の石仏」の写真絵はがきで書かれている。西村誠三郎は、大正二年九月二十九日から十月四日まで大連を訪れた巌谷小波を世話し、一緒に行動している。その折の小波日記に「西村」の名のほかに「俣野」の名前があるのは、小波を迎えた大連在住の人物の一人に、俣野義郎もいたことをうかがわせる。この絵はがきは、大連を去り、湯崗子温泉で一休みしたときのもの。西村はこの少し後に『何物かを語らん』(文英堂書店、大正三年)という本を大連で刊行、大正四年からは仲間と『鼎』という雑誌を出す。

明治四十三（一九一〇）年三月十三日
矢野義二郎・橋本豊太郎より

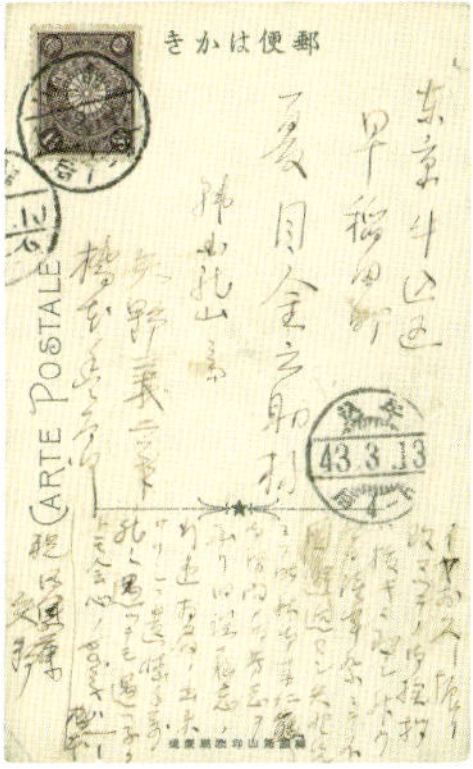

韓国竜山印刷局製造の、「韓国駐《ちゅう》劄《さつ》軍司令部」の写真と行軍の絵の絵はがきを使用。矢野は、松山中学・五高での漱石の教え子。東京帝国大学政治学科卒業後は逓信省につとめ、明治四十二年の満韓旅行のときには、朝鮮総督府にいた矢野が、京城（釜山）で漱石をもてなしている。帰京後、十月二十二日に漱石は、「御蔭で方々見物が出来て万事好都合であつた」と礼を述べている。明治四十四年五月には、東京に来た矢野が漱石を訪ねている。

大正二（一九一三）年八月二十日
俣野義郎より

俣野は漱石の五高時代の教え子。『吾輩は猫である』に登場する多々良三平《たたらさんぺい》のモデルとも言われる。六年かかって東京帝国大学を卒業、三井物産を経て南満洲鉄道で働く。満韓旅行のとき、大連で漱石は、奔放な人となりの俣野と再会している。俣野宛の漱石書簡は残念ながら伝わらないが、俣野からの漱石宛絵はがきは二通残されている。この絵はがきは、大連ライト社発行の、旅順総攻撃の舞台ともなった東鶏冠山《とうけいかんざん》砲台の絵はがき。

第6章

修善寺の大患

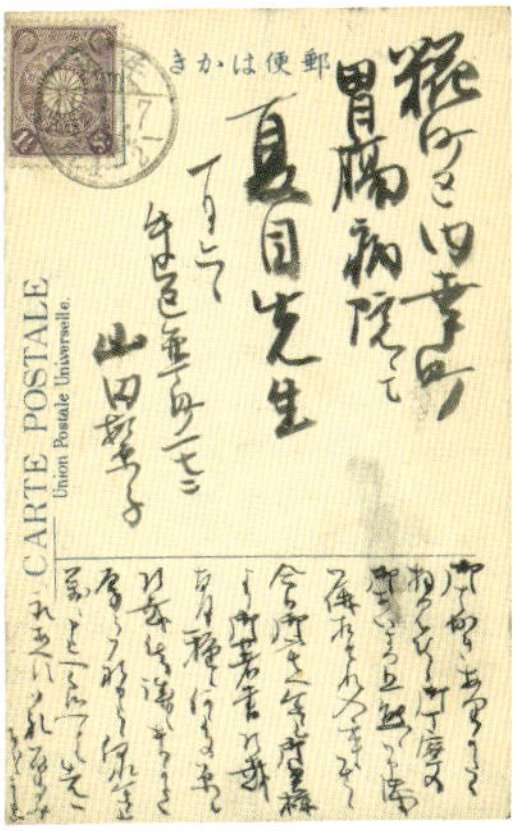

山田繁子からの絵はがき
(明治44年1月6日)

明治四十三年六月、『門』の連載を終えた漱石は、胃潰瘍《いかいよう》と診断され内幸町《うちさいわいちょう》の長与胃腸病院に入院した。七月三十一日の退院後、八月六日に修善寺の菊屋旅館に向かった。転地療養先として修善寺を松根東洋城から勧められたことは、封書で送られた連続した修善寺の絵はがきの文面によって知ることができる。

　修善寺到着後、漱石の病状は上向かず、病勢が募ったことを案じた松根は朝日新聞社に連絡し、胃腸病院の医師森成麟造《もりなりりんぞう》と漱石の教え子で朝日入社の際に尽力した坂元雪鳥の二人が修善寺に駆けつけた。翌日には、妻鏡子も到着する。しばし小康を得たものの、八月二十四日の晩に大吐血が起きた。一時人事不省に陥ったが、幸い一命を取り留める。各地に「キトク」の電報が打たれ、修善寺には続々と人が集まって来た。

　看病のため漱石に付き添っていた小宮豊隆は、帰京後、修善寺の漱石のもとに、目を楽しませる絵はがきを送った。漱石が修善寺を離れ、新橋到着後そのまま長与胃腸病院に入院したのは、十月十一日だった。翌年の二月二十六日に退院するまで、正月も病室で迎えた。直接病院の住所に送られてくる手紙類もあった。漱石の身体を案じながら、病室での日々に潤いや刺戟をもたらす絵はがきが、知人や教え子たちから届いた。入院生活のなかで、外界と病室とをつなぐものの一つが、絵はがきであった。

松根東洋城より

明治四十三（一九一〇）年
七月末〜八月初め

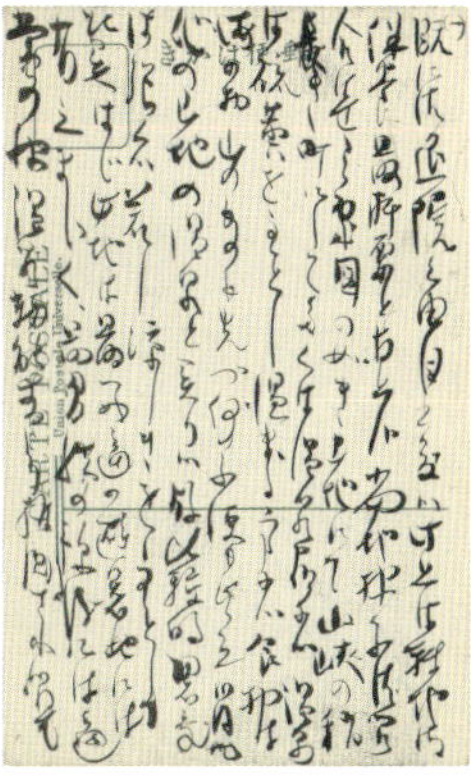

松根東洋城は、漱石の愛媛県尋常中学校時代からの教え子。俳句をよくし、大正四年には『ホトトギス』を離れて俳句雑誌『渋柿』を主宰。宮内省の式部官として、北白川宮に仕え、修善寺に滞在していた。この絵はがきは、『門』執筆後、胃潰瘍の治療のため入院していた長与胃腸病院を明治四十三年七月三十一日に退院した漱石からの問合せを受け、修善寺温泉について詳しく記し、転地療養先としての当否を記したもの。写真の部分には「修禅寺」と滞在先の「菊屋別館」を示す書き入れがある。文字は絵はがきの表全面に書かれており、封筒に入れて送られたものと考えられるが、封筒は残っていない。これは(一)で、次頁は(三)である。(二)も存在が確認されている。

松根東洋城より

明治四十三(一九一〇)年
七月末～八月初め

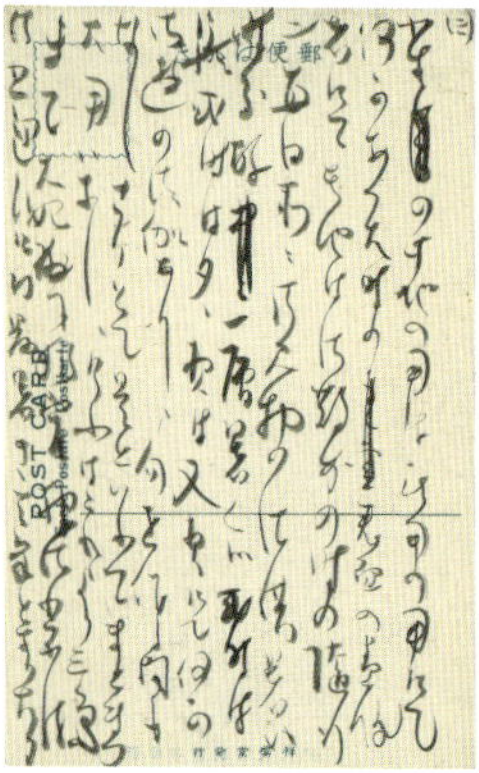

修善寺が涼しい避暑地でないこと、松根の仕事は日によっては時間が空くことが記され、漱石と過ごす時間のある可能性が示唆されている。漱石は修善寺行きを決め、長与胃腸病院の許可もとって、明治四十三年八月六日に修善寺に向かう。菊屋旅館は混み合い、部屋も松根の滞在する別館ではなく本館となる。松根は夜訪ねてくる。「日記」には、家に帰るか別の旅館に移るか考えたとある。八日から、関東地方は豪雨と大洪水に見舞われる。胃の具合が悪化して苦しみ、「胆汁と酸液」を吐く。十七日、吐血。松根が朝日新聞社へ知らせ、胃腸病院の森成麟造と漱石の教え子で朝日とも関係の深い坂元雪鳥が駆けつける。十九日、鏡子が到着。小康を得たが、二十四日の晩に大吐血。いわゆる修善寺の大患である。

小宮豊隆より
明治四十三（一九一〇）年
九月二十日

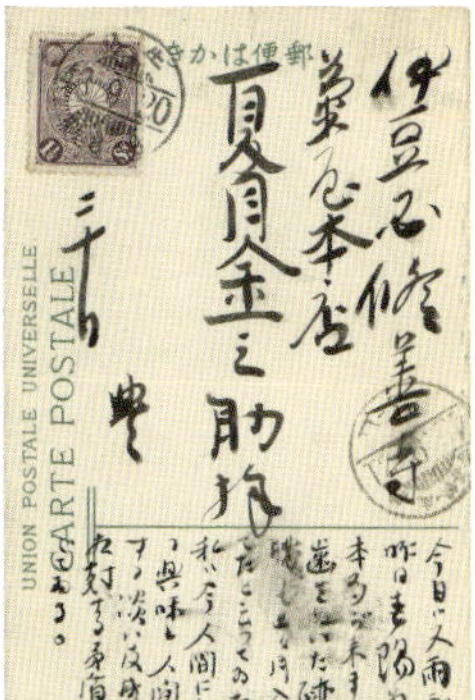
郵便はかき
UNION POSTALE UNIVERSELLE
CARTE POSTALE
伊豆国修善寺
菊屋本店
夏目金之助様
二十日
豊

修善寺で、胃潰瘍による大吐血のため一時人事不省に陥った漱石のもとに、知人や門下生が次々に訪れる。小宮豊隆も郷里から駆けつけ、半月余りを修善寺で看病をして過ごした。東京に戻った後、何通もの絵はがきを書き送る。修善寺では、病床の漱石に対する鏡子のあり方に間近で接し、結婚生活に複雑な思いを抱いたことが、友人の東新《ひがしあらた》に宛てた手紙に記されていた。このはがきに書かれた「矛盾」は、それに起因するものだろうか。漱石の傍を離れ、帰京した直後のものである。

小宮豊隆より
明治四十三(一九一〇)年九月二十八日

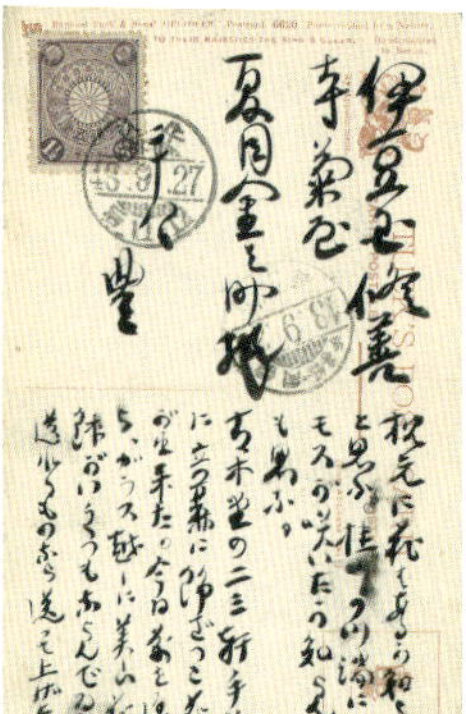

小宮は修善寺滞在中、散歩中に農家の庭先に咲く花を得て、菊屋旅館の漱石の枕辺に活《い》けていた。新年度に受け持つ授業のために帰京した小宮が選んだのは、外国製の美しいグラジオラスの絵はがきだった。ベルリンで写真に彩色された、Raphael Tuck & Sons 社のものである。この絵はがきは生花の代わりに、病床の漱石を慰めたことだろう。

明治四十三(一九一〇)年
九月二十九日

小宮豊隆・坂元雪鳥より

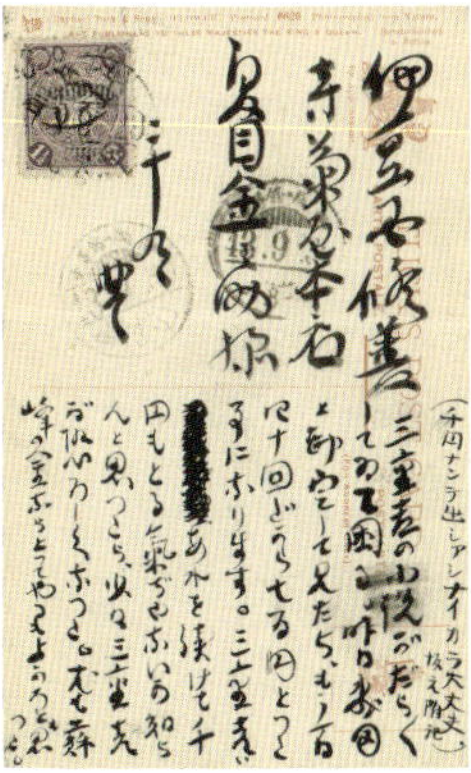

前日に続いて、カーネーションの絵はがきを送っている。こちらも同じRaphael Tuck & Sons社のものである。鈴木三重吉が『国民新聞』に連載していた小説『小鳥の巣』について、門下生の間で話題になっていることが、森田草平の名や、坂元雪鳥の附記で知られる。明治四十三年三月三日から始まった三重吉の連載は、十月十四日に百六十回で終了し、小宮らの心配の種はなくなった。この連載のために、成田中学の校長は三重吉に休職の措置をとった。三重吉の小宮宛書簡によれば、生活が上向いた様子は一向にない。

明治四十三(一九一〇)年
十一月八日

小宮豊隆より

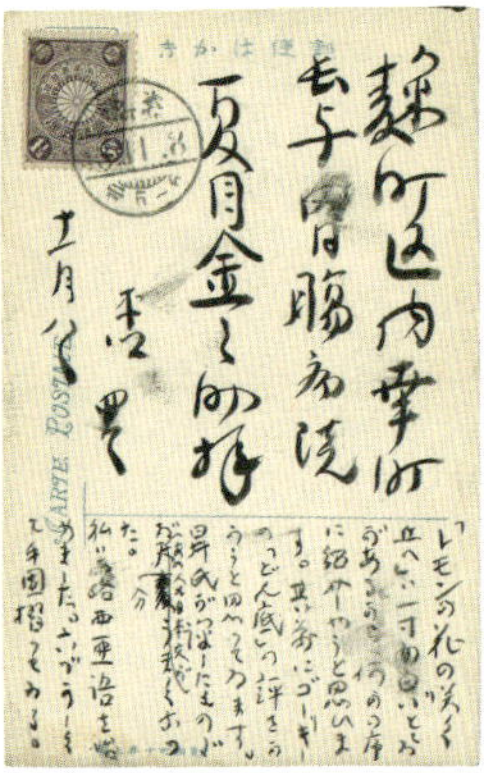

漱石は明治四十三年十月十一日に修善寺から帰京、そのまま長与胃腸病院に入院していた。早稲田大学在学中の国枝史郎の戯曲集『レモンの花の咲く丘へ』が自費出版されたのは十月二十五日。小宮は刊行直後から注目し、翌年三月の『新小説』の「最近の文壇(二月の小説評)」で国枝の新作とともに評している。昇曙夢《のぼりしょむ》の翻訳ゴーリキーの『脚本 どん底』はエリセーエフに献じられ、聚精堂から十月十六日に出ている。小宮の関心の傾向がうかがえ、こうした若い人びとの動きも、漱石に働きかけをしたと思われる。十一月十一日の漱石の野上豊一郎宛書簡には、「病院では来客を謝絶し読書に耽り居候《おりそろ》少々仏語を勉強致居候」とあり、退院までには仏独二か国語を習得したいと書かれている。

鈴木三重吉より
明治四十三(一九一〇)年十一月十八日

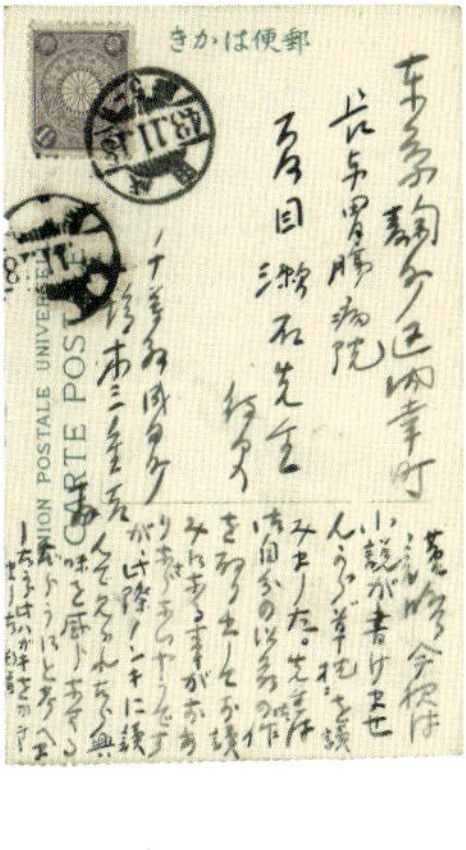

漱石は、自分の作品を読み返すことがないと知られていた。このとき鈴木三重吉は成田中学に教頭扱いで赴任していた。漱石に以前の作品を読むことを勧めるのは、ちょっと勇気がいったことだろう。成田の北に広がる霞ヶ浦の絵はがきが選ばれている。『小鳥の巣』の連載終了後、高浜虚子から『ホトトギス』に書くよう依頼をうけた小説を、なかなか書き進められないことを、同日小宮に宛てた手紙でも訴えている。このとき執筆中だった小説『赤い鳥』は発禁処分にあい、その修正稿が明治四十四年三月号の『中央公論』に掲載された。

明治四十四（一九一一）年
一月一日

鳥居素川より

鳥居素川は大阪朝日新聞社で論説を担当し、漱石の朝日入社を推し進めた人物の一人。漱石を大阪には迎えられなかったが、朝日の一員として親しい交友を続けた。病院で新年を迎える漱石に、京都の絵はがきで賀状を出した。

「から〳〵かんの京都」という表現は、漱石の「京に着ける夕」（明治四十年四月）における、人力車が京の街を走るさまを描いた一節、「静かな夜を、聞かざるかと輪を鳴らして行く。鳴る音は狭き路を左右に遮ぎられて、高く空に響く。かんから〻ん、かんから〻ん、と云ふ」を念頭に置き、漱石に京都を思い出させる音として、用いたのであろう。

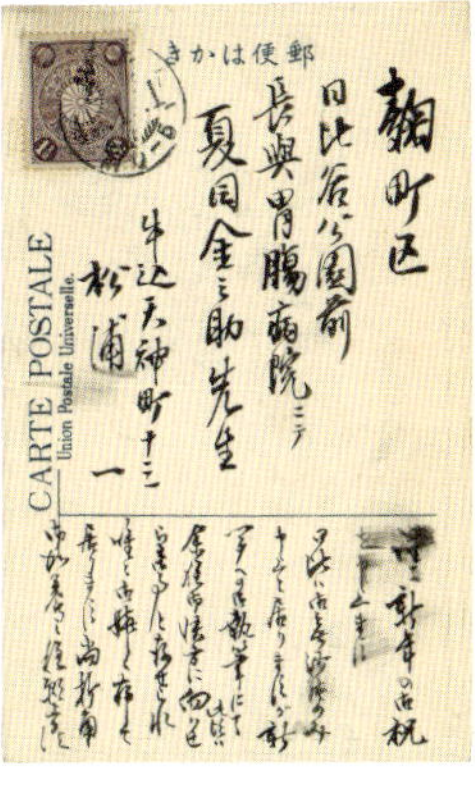

明治四十四(一九一一)年
一月一日

松浦一より

明治三十六年、漱石が東京帝国大学英文科の講師となったとき、松浦一《まつうらはじめ》は一年に在籍していた。同期生小山内薫らの同人誌『七人』の第五号(明治三十八年三月)に、「英詩一章」("dear father's memory")を寄稿。漱石は野村伝四宛の手紙(同年三月十四日)に、「後進の人が勢よくやるのを見て居るのは甚だ愉快だ。松浦の英詩抔《など》も感心なものだ」と書いている。松浦は東京大学講師を経て、大正大学などで英文学を講じた。『朝日新聞』の「文芸欄」への「思ひ出す事など」執筆を受けて、漱石の快復ぶりを感じ取る教え子からの病院宛の年賀状である。

明治四十四（一九一一）年二月二十八日

笹川臨風より

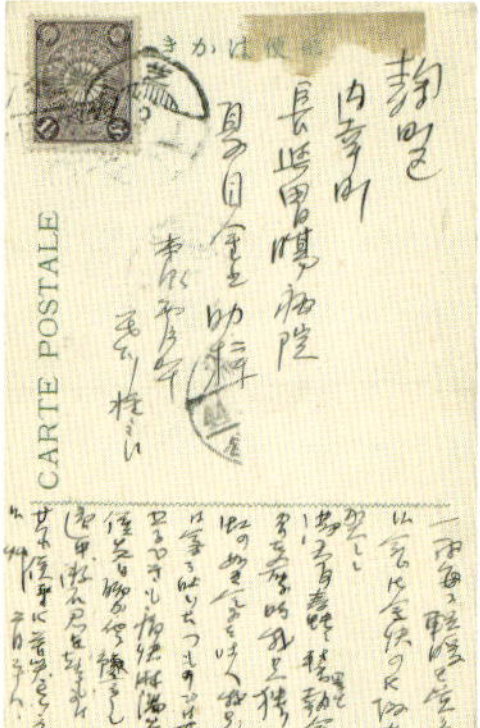

笹川臨風《ささがわりんぷう》（種郎《たねお》）は、東京帝国大学国史科に学び、哲学科の姉崎嘲風《あねざきちょうふう》（正治《まさはる》）、高山樗牛《たかやまちょぎゅう》（林次郎《りんじろう》）らと明治二十九年に卒業。美術史家として横山大観や漱石と交流があった。漱石が胃腸病院から退院したのは、明治四十四年二月二十六日だった。三月二日、笹川宛に漱石は次のように記す。「漸《ようや》く退院しま（し）た、御端書は病院から廻送して来ました、御同情の件難有《ありがと》う存じます、半年ぶりで世の中を見ました、其記念の絵端書を一枚に〔衍〕呈します」。前年の大晦日《おおみそか》には、「漸く本復に近づき申候《もうしそろ》。病院にて越年珍らしく自分ながら存居候《ぞんじおりそろ》」と書き送っていた。漱石の返信も、絵はがきであった。

第７章

家族とのやりとり

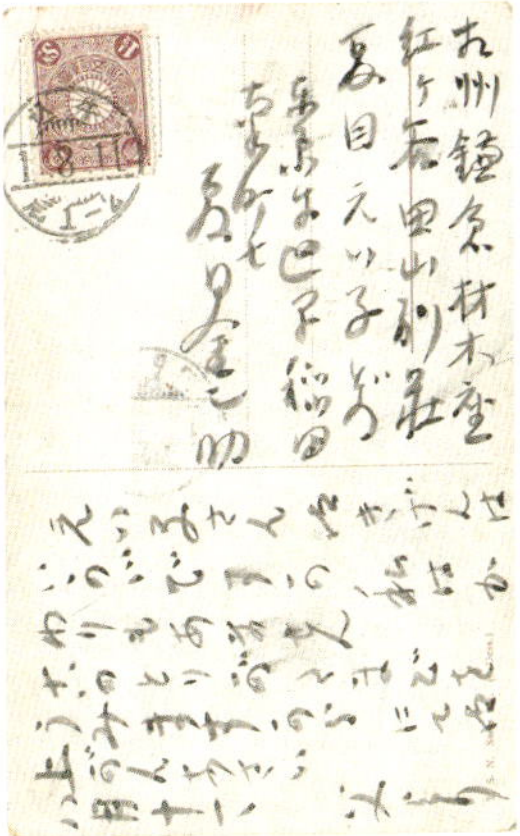

漱石が三女栄子に宛てた絵はがき（大正元年８月11日，東北大学附属図書館所蔵）

漱石に宛てた娘たちの絵はがきは、父としての漱石の存在を強く感じさせる。漱石の没後、成長した子どもたちによって語られた家庭内での漱石の思い出はいくつもあるが、直《じか》に父に宛てて書いたものからうかがえることは多い。また、ロンドン留学中の漱石は、妻の鏡子が「こんなおいたをして遊んでゐたとか、泣いたとか笑つた」(『漱石の思ひ出』昭和三年)と、長女筆子の毎日の行動を記して送った「筆の日記」をとても喜んだという。

大正元年の夏、子どもたちは、鎌倉の紅ゲ《べにが》谷《やつ》に借りた田山別荘でひと月余りを過ごした。子どもたちの監督には、『彼岸過迄』の校正を任されていた岡田(林原《はやしばら》)耕三が同行していた。このとき四人の娘それぞれに宛てた漱石の絵はがきが、全集に収録されている。娘たちが漱石に宛てたものもあったろう。十一歳の次女恒子の絵はがきは、インクで几帳面《きちょうめん》に、漢字カタカナまじりで書かれている。

大正五年、十歳の四女愛子は、名古屋の鈴木《すずき》禎次《ていじ》の家で夏休みを過ごした。禎次の妻時子は、母鏡子の妹である。叔母の家で歓待され、あちこち見物した様子を父漱石に報告している。毛筆で、父の名を大きく書いている。漱石は、まぎれもなく「御父上様」であった。父と子どもたちが同じ家に住んでいた時間のなかで、束《つか》の間《ま》家を離れているときに書かれた絵はがきである。幼いながらも端正な絵はがきの文面は、娘たちが漱石に向けて「書く」ときに思い描いた父の姿を映している。

修善寺の大患時に、早稲田の留守宅で子どもたちがどう過ごしていたのかを垣間《かいま》見ることのできる絵はがきもある。長女筆子の自筆の絵に、行徳二郎《ぎょうとくじろう》が文章を記している。

SOSEKI NATSUME

夏目恒子より

大正元（一九一二）年
八月八日

次女恒子は十二歳。この絵はがきが着いた大正元年八月九日に、漱石も絵はがきで次のような返事を出した。「大仏のなかはいつたかい。中はくらひことだらう。八幡さまの鳩に餌をやつたかい。御父さまは又ちき行きます。まだ旅はしません。ことによれば旅をやめて鎌倉へ行つたり来たりしやうかと思つてゐます」。十日には長女筆子に、十一日には三女栄子（本章扉絵参照）、四女愛子宛に、それぞれ絵はがきを出している。

漱石は八月二日、子どもたちの避暑のために借りた紅ゲ谷の別荘に赴いた。その二日前から猩紅熱《しょうこうねつ》に罹《かか》り入院した次男伸六を見舞い、四日の夜帰宅。結局、漱石は十七日から中村是公と塩原温泉に出かけた。

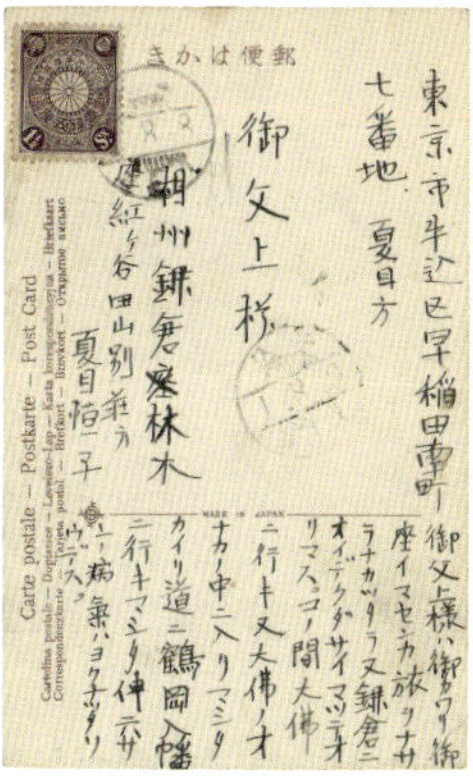

大正五(一九一六)年八月七日

夏目愛子より

四女愛子は十歳。夏休みに、鏡子の妹、時子の名古屋の家に泊まり、見物に連れて行ってもらう様子が記されている。時子の夫、鈴木禎次は、明治二十九年、東京帝国大学工科大学造家学科を卒業し、漱石と入れ違いにヨーロッパに留学して、帰国後名古屋高等工業学校の教授となる。名古屋の近代建築の設計者として知られる。漱石の滞英時代、鈴木は絵はがきを買って送ってほしいと頼み、漱石もそれに応えている。

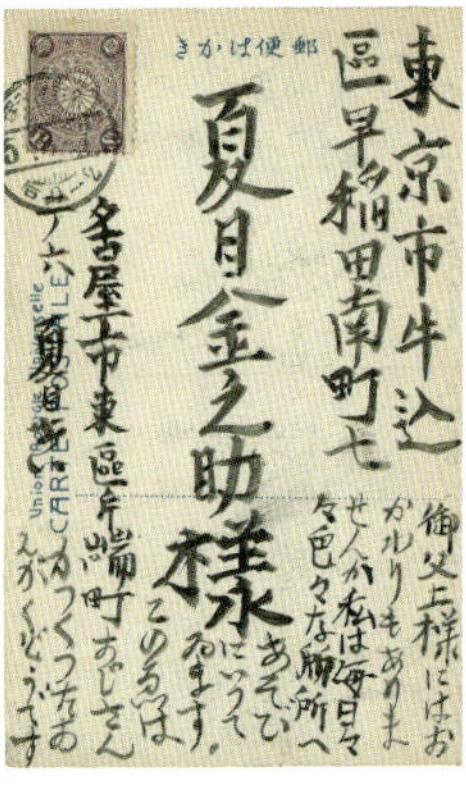

大正五（一九一六）年八月七日 夏目愛子より

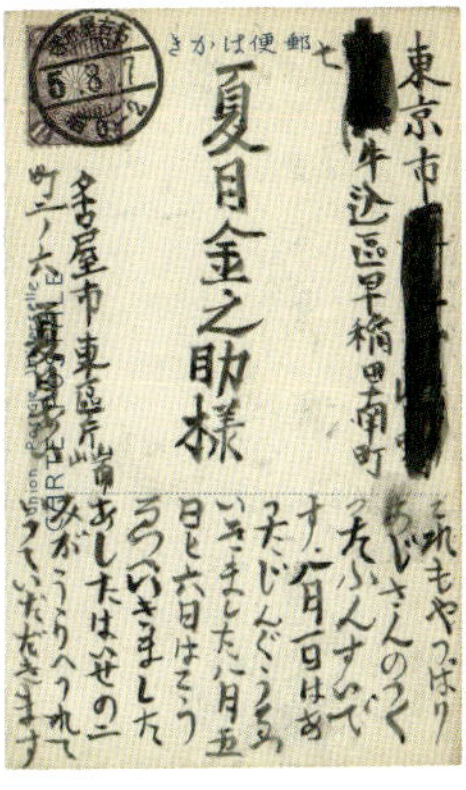

鈴木禎次の家から同じ日に出された、愛子の二通目の絵はがき。鈴木の設計した鶴舞公園の奏楽堂、噴水塔はヨーロッパの公園を思わせる建築物で、一部復元されている。鏡子の妹一家と漱石の子どもたちとの交流の一端を、愛子の名古屋からの絵はがきは示している。

明治四十三(一九一〇)年
十月二日

夏目筆子・行徳二郎より

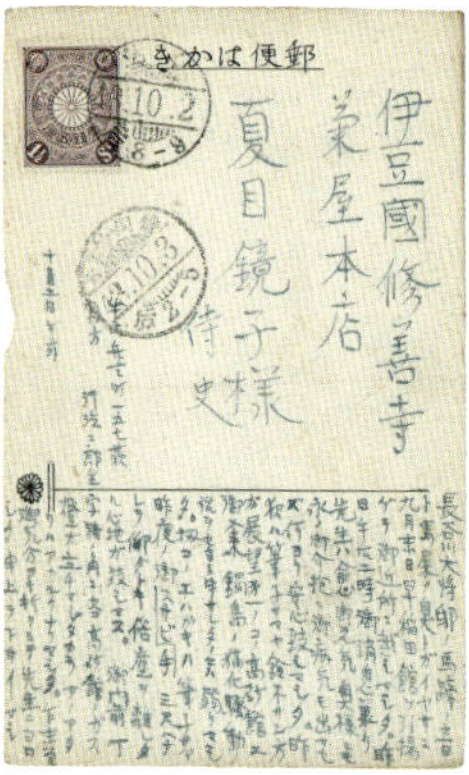

行徳二郎は、兄、行徳俊則に連れられ五高教授の漱石を訪問、書生となった。幼い長女筆子のお守りをしたこともある。その後十年ぶりに漱石のもとを訪ね、修善寺の大患時には、早稲田南町の家の留守居役もしていた。この日、漱石山房の近くに引っ越してきた行徳を、筆子や鈴木三重吉が訪ねた。筆子の描いた絵に行徳が文章をつけて修善寺の鏡子夫人宛に送り、病床の漱石を見舞ったもの。

第8章

年賀状のさまざま

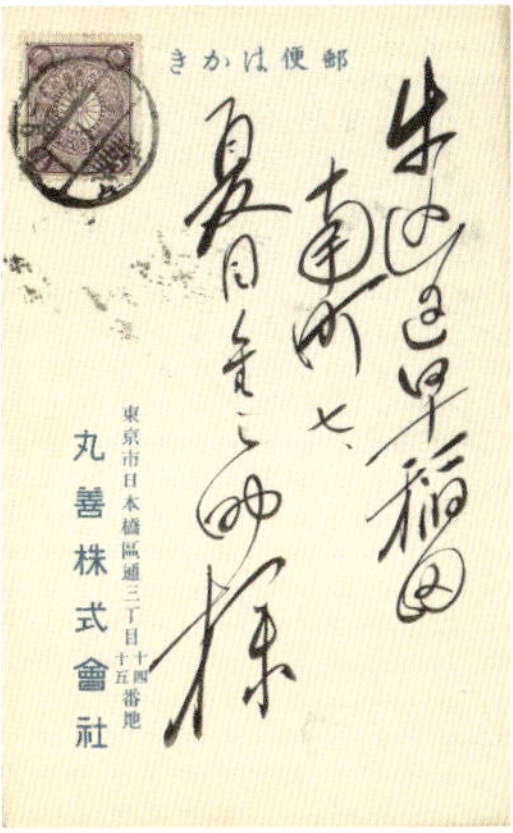

丸善株式会社からの絵はがき（明治44年1月1日）

さまざまに趣向を凝らした年賀状――漱石のもとに届けられた絵はがきで、最も多彩で、見ていて楽しいのは、漱石の身近な人びとや全国の読者から寄せられた年賀状であろう。すでにほかの章で紹介したものにも年賀状があるが、ここではそれ以外の差出し人のなかから、本書に収録しなかったものも含め、いくつかを紹介しておきたい。

中村不折《なかむらふせつ》や『大阪朝日新聞』の画家野田九浦《のだきゅうほ》などは、自作の絵画をエッチングや木版にして年賀状を作っており、大阪の俳人青木新護《あおきしんご》（月斗《げっと》）は、「正月や年々の軸かけ放し」の句を記し、興趣を添えている。年賀状に使えるような美術絵はがきがいくつも見られ、日露戦争後にそうした既製の賀状が好まれたことがわかる。干支《えと》の動物がよく用いられ、それだけでも見ていて楽しい。外国では、クリスマスカードや新年のカードが多く使われており、外国滞在経験者はそうした絵はがきの美しさや面白さをよく理解していた。丸善なども明治三十年代後半からそれに着目、多くの舶来の絵はがきも店頭に並ぶようになったようだ。第一章扉裏で言及した、野間真綱が漱石に出した猫の絵はがきは、絵柄と文字から見れば元はクリスマスカードであり、それを猫に関連させて年賀状に用いたのであろう。

本書で紹介できたのはほんのわずかではあるが、自筆のもの、自分の絵画作品を使ったもの、絵はがき業者の出した既製のもの、そして外国製のものなど、とりどりの面白さがあるように思う。

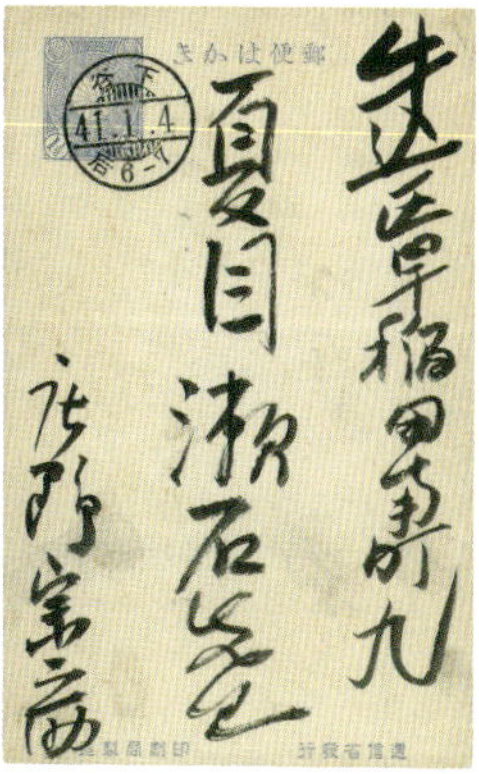

明治四十一（一九〇八）年一月四日
庄野宗之助より

庄野宗之助（伊甫《いほ》）は東京美術学校に学び、明治三十三年に卒業。浅井忠の指導を受けた洋画家で、明治美術会、太平洋画会で活躍。明治三十六年七月の第五回内国勧業博覧会に油絵「針仕事」を出品、その後漱石の友人横浜の実業家渡辺和太郎がそれを買いたいと漱石に話し、その仲介をしたところ、百円でないと売らないと庄野が書き送ってきた。それに対し、漱石は、「金持でないあなたが自己の画に尊敬の意を表して百円より一厘《いちりん》も負からぬと御主張なさる所が大《おお》いに愉快であります」と書簡（明治四十年一月二十七日）に記している。この時期の庄野・渡辺とのやりとりの書簡が、数通残されている。「下谷」の消印で、庄野はその後も、漱石に折に触れ、挨拶していたと思われる。

橋口 貢より

明治四十一（一九〇八）年
一月二日

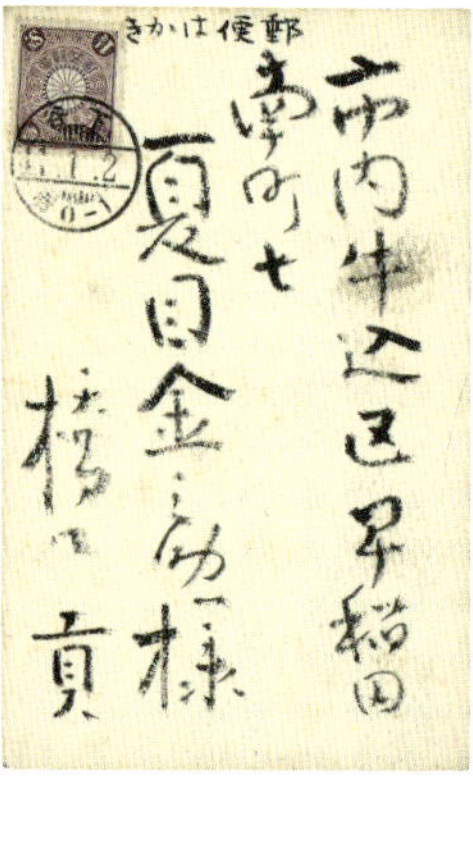

申年《さる》にちなんだ自筆絵はがきを送ったもの。橋口貢は、一月四日には長崎にいた弟の半次郎に、恵比寿《えびす》様を描いた自筆絵はがきを、墨書の文章も添えて送っている（鹿児島市立美術館所蔵）。その他、長崎・鹿児島や中国の漢口からの写真絵はがきも残されている。

明治四十四（一九一一）年一月二日　山田繁子より

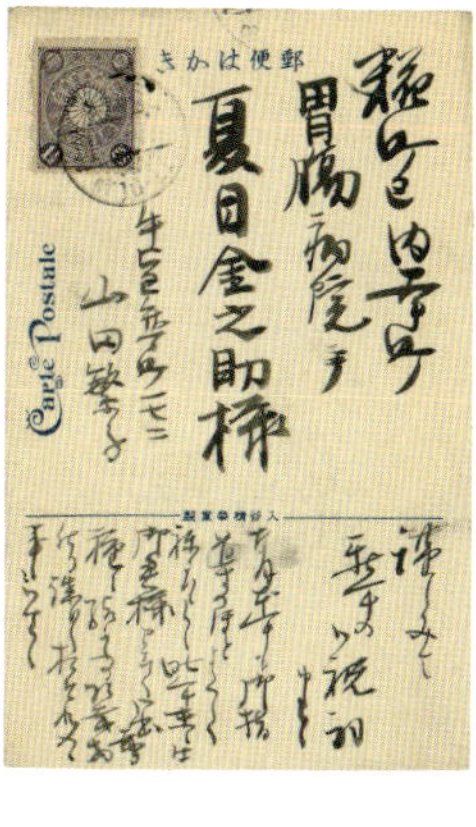

山田繁子は本名しげ、東京帝国大学の国際法の学者山田《やまだ》三良《さぶろう》の妻。明治四十三年ごろより、書いたものを漱石にみてもらっていた。漱石のすすめで句作もしている。胃腸病院に見舞ったり、花を贈ったりしていたことは、漱石の出した礼状からうかがえる。この賀状に漱石は返事を出したらしく、返事をもらった礼を記した、明治四十四年一月六日付の山田繁子の絵はがき（第六章扉絵参照）も残されている。

寺岡千代蔵より

明治四十一（一九〇八）年
一月一日

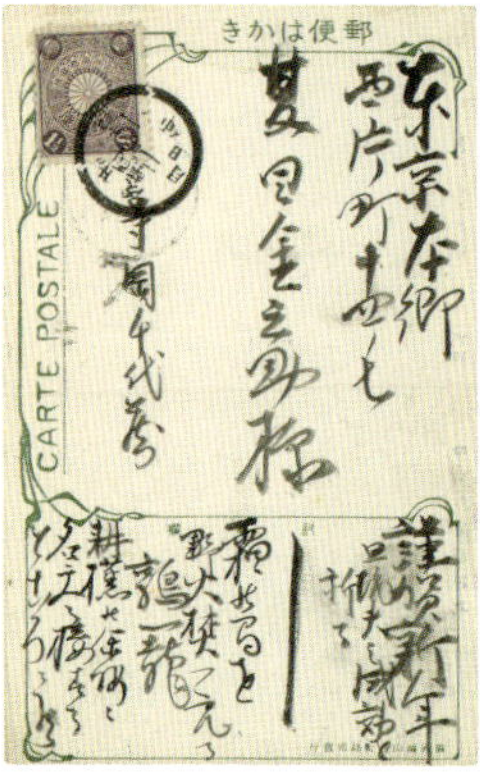

備後《びんご》の「阿武兎《あぶと》岬の観音」（阿武兎は、広島県福山市の瀬戸内海の名勝）と記された絵はがきに書かれたもの。寺岡千代蔵の名は、漱石が書き残したもののなかには見当たらないが、漁村教育の方面で活躍し、新聞を読むことで教育効果があがることを提唱した。漱石は明治四十年九月二十九日に早稲田南町に転居していたが、この賀状は前の住所の西片町宛である。なお、作品集『鶉籠《うずらかご》』は、四十年一月の刊行。それを年末の季節でひもとくという心情であろうか。『坑夫』は、この賀状の出された四十一年一月一日から新聞連載が始まっている。

第 9 章

全国の読者から

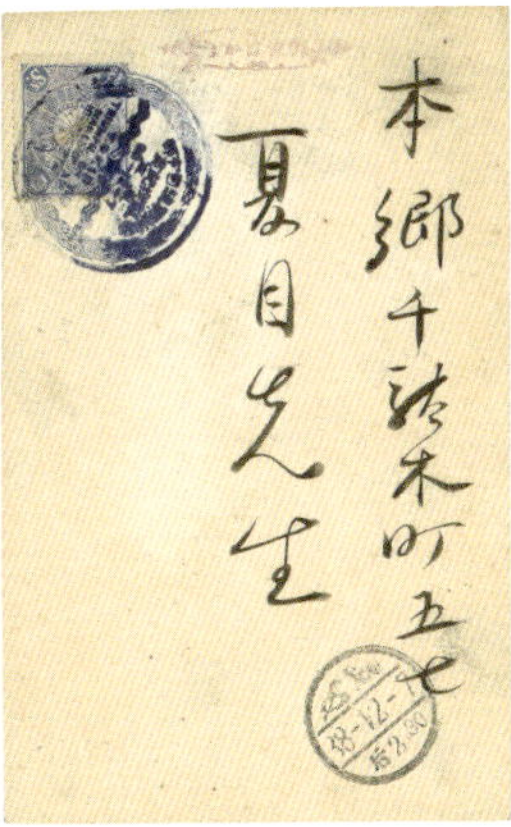

「江戸川の辺人」からの絵はがき(明治 38 年 12 月 7 日)

岩波書店所蔵の絵はがき群で注目すべきは、くわしい経歴のわからない全国各地の読者からの絵はがきが多くみられることであろう。それだけ、漱石が多くの読者に親しまれていたということである。「早稲田南町」のみで番地を書かないものもあり、「夏目金之助」ではなくストレートに「夏目先生」としたりする。それでも、何とか漱石のもとに届けられたわけだ。北海道からは見当たらないが、東北から九州鹿児島まで全国にわたっている。

どういう経歴かはわからないが、漱石が何通も絵はがきをとっておいた人物もいる。筑波山の麓《ふもと》に住む小林修二郎は、明治四十一年の読者の反応を示す。秩父《ちちぶ》の青年四方田美男の誠実な態度もほほえましい。漱石の返事も全集に収録されており、そうした見知らぬ読者とのやりとりにも、漱石と読者のあり方がうかがえる。敦賀《つるが》の田中君子は、上京して漱石を訪ねた女性で、明治四十一、四十二年に限定されるが、頻繁に絵はがきを送っている。但馬《たじま》の国豊岡の由利三左衛門の絵はがきにも、作品に触れた発言があり、当時の読者の反応がうかがえる。神奈川の読者萩原為則は、絵を書いて送り漱石に揮毫《きごう》してもらった人物で、こうした依頼はほかの読者からもあったろう。

このほかにも、『吾輩は猫である』の「三」に出て来る「活版で帆懸舟が印刷して」ある絵はがきという説明を思わせる瀟洒《しょうしゃ》な一枚もあるが、「江戸川の辺人」とのみあり、誰だか特定できない（本章扉絵参照）。印象的な一枚だけに、残念である。

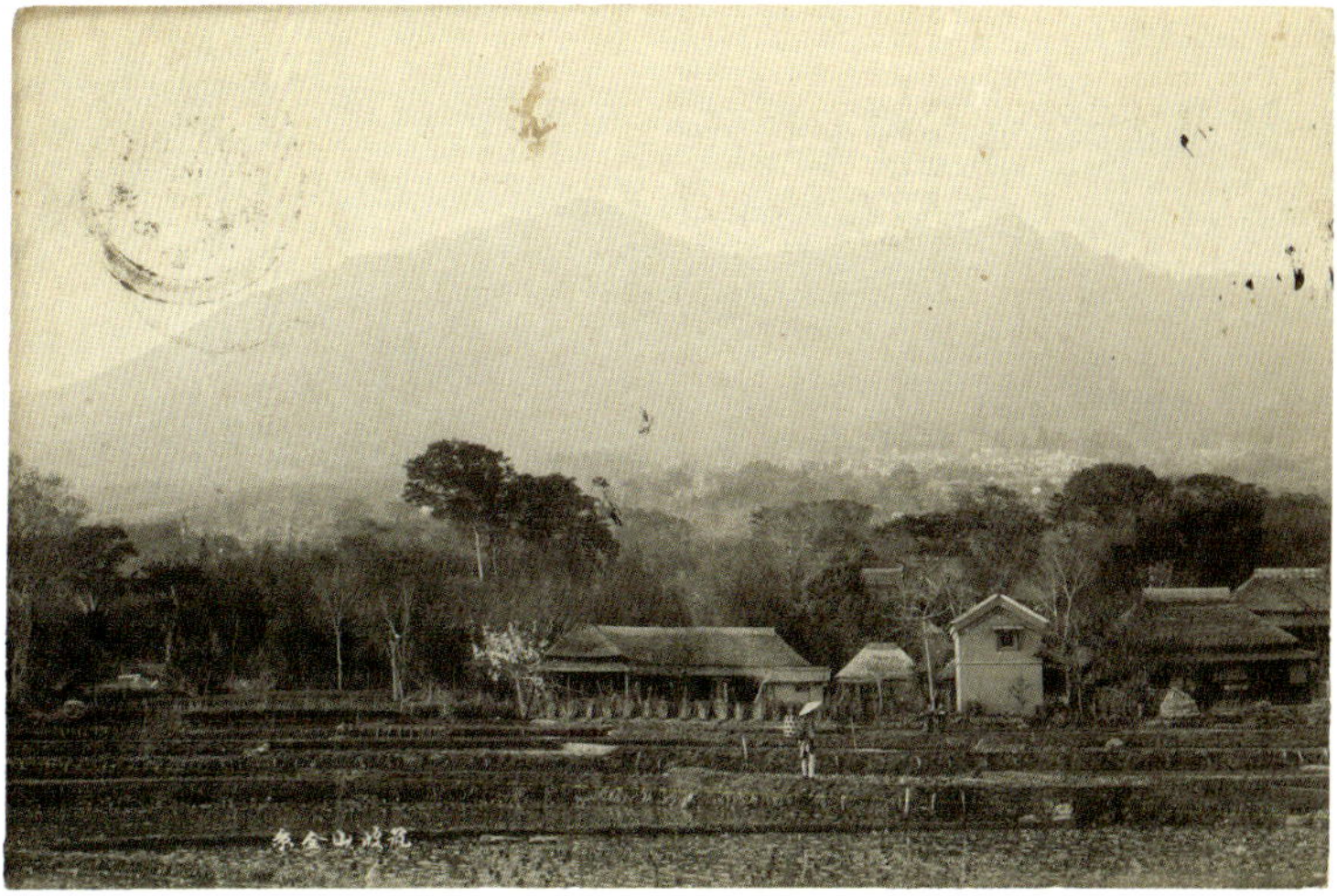

小林修二郎より

明治四十一（一九〇八）年八月？日

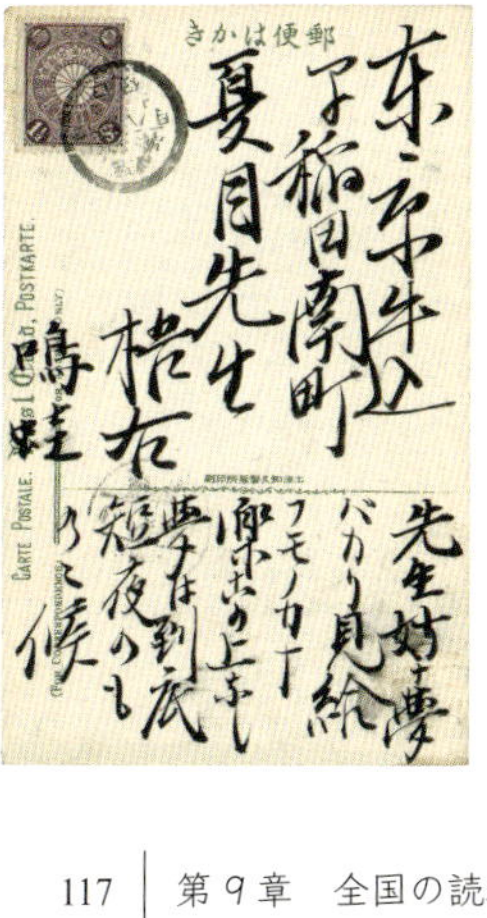

小林修二郎は筑波山の麓に住む漱石の愛読者。明治四十一年三月から八月にかけて出された、筑波山や塩原などの風景写真の絵はがきが六通残されている。自身を「筑波の蛙」と名乗り、「鳴蛙」という号も持っている。修善寺の大患のとき、鏡子夫人の日記によると、明治四十三年九月一日に訪ねてきており、「早稲田大学生」とある。その後も時折来訪したらしく、明治四十四年五月二十五日の日記に、「小林が来るから一所に散歩する。相変らずべら〳〵のべつに喋舌《しゃべ》る」とあり、六月十五日の条には、「小林修次〔ママ〕郎来又短冊をかゝせられる」とある。漱石にとっては、やや迷惑な若者だったのであろう。

大正三(一九一四)年四月十九日
四方田美男より

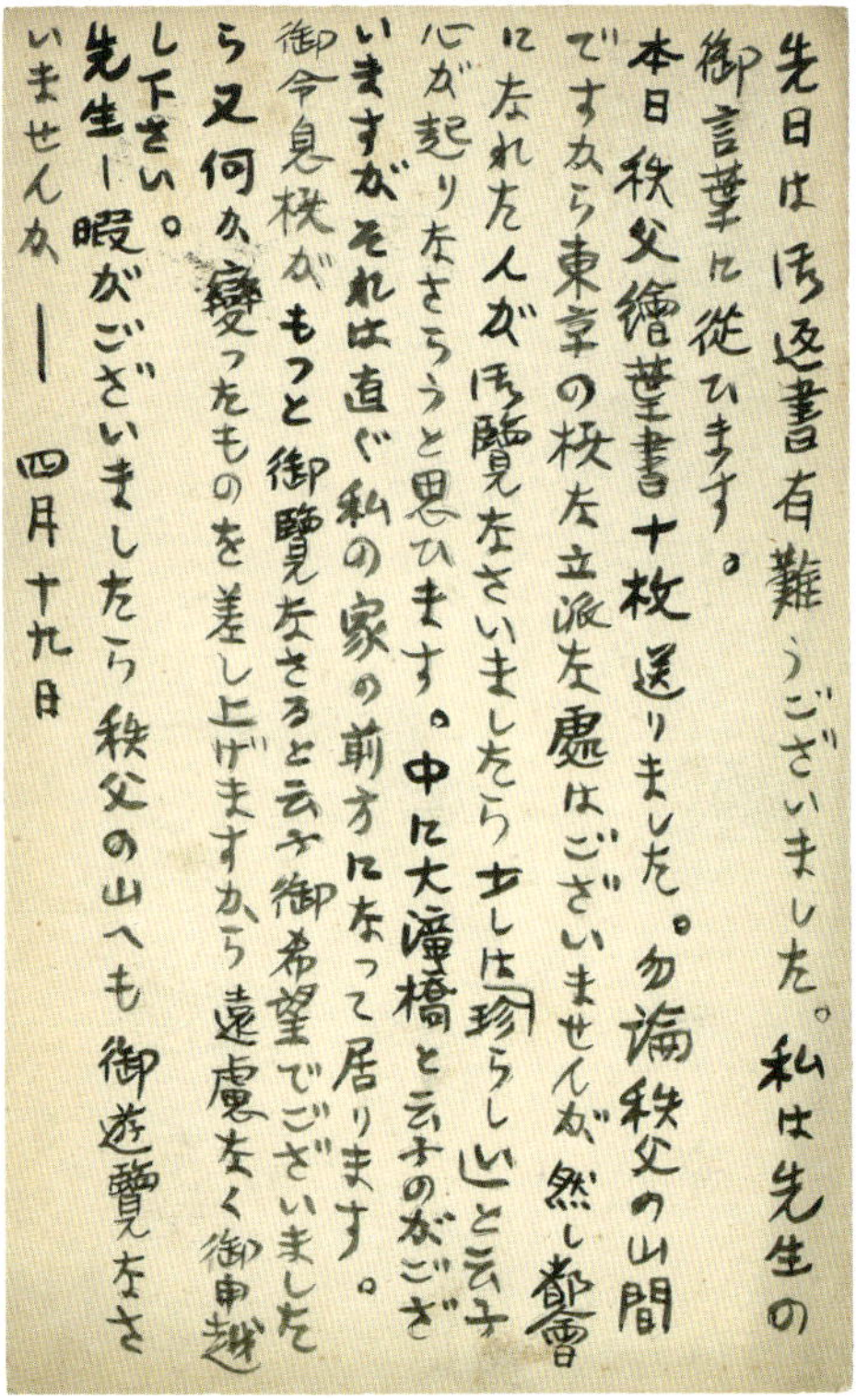
先日は御返書有難うございました。私は先生の
御言葉に従ひます。
本日秩父繪葉書十枚送りました。勿論秩父の山間
ですから東京の様な立派な處はございませんが然し都會
になれた人が御覧なさいましたら少しは珍らしいと云ふ
心が起りなさらうと思ひます。中に大瀧橋と云ふのがござ
いますがそれは直ぐ私の家の前方になって居ります。
御令息様がもっと御覧なさると云ふ御希望でございましたら
ら又何か變ったものを差し上げますから遠慮なく御申越
し下さい。
先生！暇がございましたら秩父の山へも御遊覧なさ
いませんか ――
四月十九日

四方田美男は秩父の農家の若者で、四方田宛の数通の書簡からは、大正三年の二人のやりとりの概略が理解できる。四月初めに最初の手紙が来たらしく、次の手紙で書かれていた、何か号を付けてほしいという依頼に対し、四月十日付で「号などは入《い》らぬものですからよしになさい」と漱石は書いている。その後の来信に対しては、「あなたは一体何をしてゐる人ですか生活に余裕がないといふのはどんな職業をしてゐられる為ですか」と五月二十五日に返事をした。なお、このはがきに記された秩父の絵はがきは現存しており、漱石も贈られたことに礼を述べている。一時『埼玉時報』にも関係し、漱石に記事を送ったらしく、没後の回想「漱石先生と私」(署名四方田春声、『埼玉新聞』大正六年一月六、七、九、十日)にその折のことが出ている。

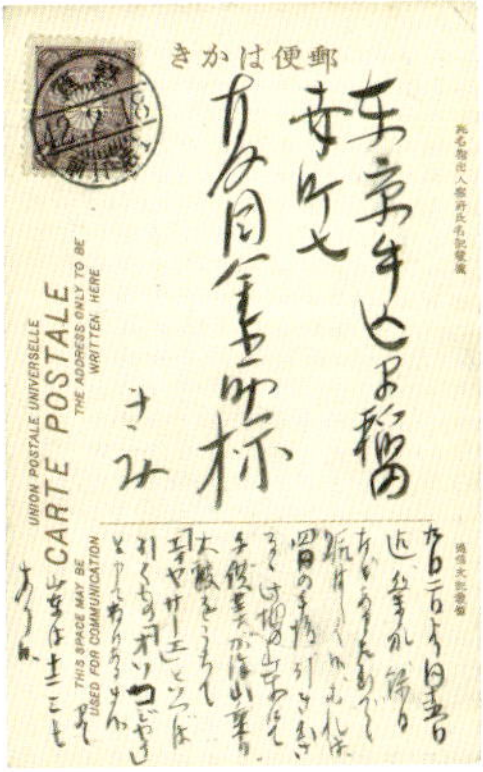

明治四十二(一九〇九)年二月十八日

田中君子より

敦賀に住む女性読者で、坂元雪鳥宛書簡(明治四十二年一月十日)に、「此間は妙な関係で敦賀に居る若い婦人から君の二三倍ある手紙を受取つた。是も面白かつた」とあるのが、この田中君子のことである。田中君子宛の書簡は残念ながら残っていないが、君子から送られた絵はがきは十八通も残されている。いずれも敦賀の土地の写真絵はがきで、明治四十一年から四十四年に集中している。とくに、四十二年三月二十五日には漱石山房を訪れたようで、当日の漱石日記に、「田中君子来訪。四月下旬から宅へ置いてくれといふ。色々訳を話して帰す」云々とある。君子は結局、二十七日に敦賀に帰っている。

野々口勝太郎より

明治四十二(一九〇九)年
八月九日

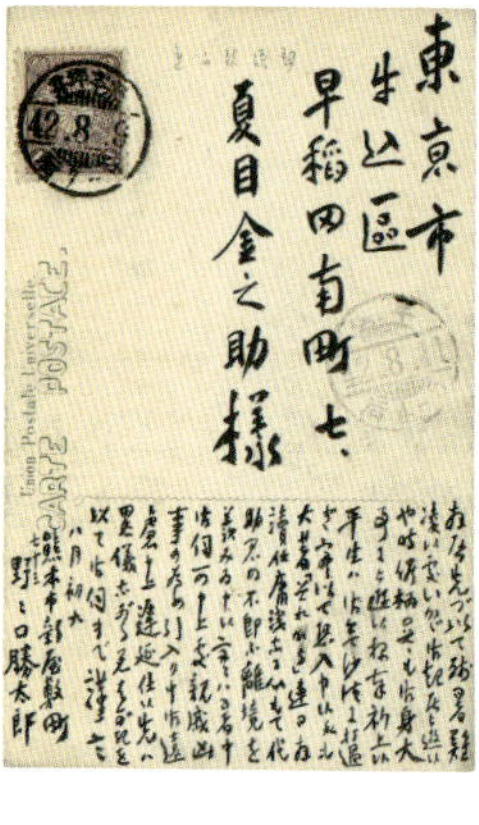

野々口勝太郎《ののぐちかつたろう》(湖海《こかい》)は漢文をよくする熊本の人。明治三十年五月二十八日の正岡子規宛に、「同人は往年商業学校の主計課を卒業し田舎新聞抔《など》に従事し居たる処《ところ》目下糊口の方に迷ひ頻りに小生方に泣き付に来るものなり」とあり、日本新聞社に入れないか打診したり、三十二年十一月には、長尾雨山《ながおうざん》にも何か地位が無いか尋ねている。結局、三十三年から熊本五高で漢文の授業を担当した。

藤井正次より

大正三(一九一四)年五月二十一日

丹念にペン書きされた絵はがきだが、漱石の「御礼状」や、その後の返事など、二人のやりとりがうかがえるものは残されていない。この時期は、漱石の絵画展覧会が開かれるという誤報が伝えられたときで、藤井はそのいずれかを見たのであろう。『時事新報』の大正三年五月二十二日の「文芸消息」欄には、「夏目漱石氏　近く自作の絵画展覧会を極めて内所に開く但《ただ》し自分の画を賞める人だけを招待して見せるのださうだ」とある。漱石はすぐさま、二十五日の水落露石宛書簡で、「私が画をかくとか箇人《こじん》展覧会を開くとか新聞にあつたからもし開いたら見せてくれといつて来た人がありますしかも夫《それ》は画を専門にする人でした私は驚ろいて事実を否定してやりました」と伝えている。

大正五(一九一六)年八月六日
松尾博市より

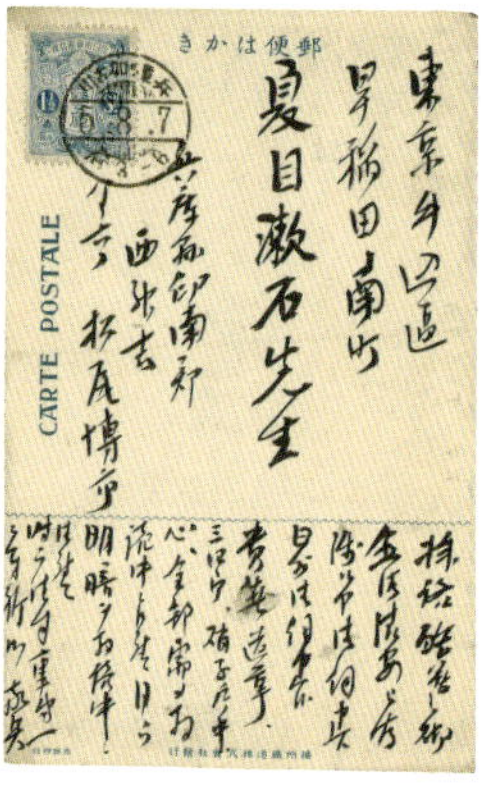

松尾博市は、漱石に『心』をめぐって質問した小学生松尾《まつお》寛一《かんいち》の父。円治の名もある。大正四年に自身で漱石に著作の発行所を尋ねたらしく、漱石は九月二十四日にはがきで返事を出している。博市は、村役場の助役もつとめ、書画骨董をたしなむ文化人でもある。三木町は、当時兵庫県美嚢《みのう》郡にあった町。この公園は、現在の三木山森林公園。

宮森麻太郎は、明治二年生まれで、翻訳家としても知られる慶應義塾教授・東洋大教授。日本文学の、翻訳による海外への紹介で、業績がある。この絵はがきは、城崎《きのさき》温泉に滞在中の宮森が、「夢十夜」の「瓜実顔《うりざねがお》」をどう英語に直したらよいかについて、漱石の意見を聞いているもの。

明治四十四(一九一一)年八月十二日
宮森麻太郎より

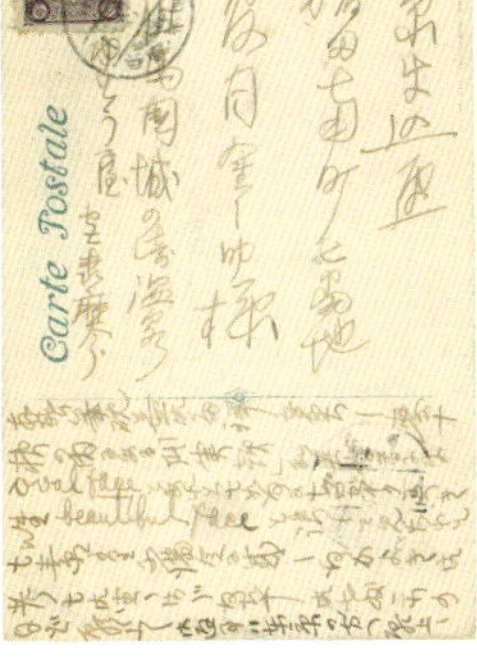

由利三左衛門より

明治四十二（一九〇九）年
六月二十七日

由利三左衛門は、兵庫県北部の海岸に位置する、豊岡町に住む漱石の読者。明治四十一年から四十四年にかけて、五通の絵はがきが伝わる。漱石からの書簡は伝わっていない。『三四郎』についての感想を、「迷羊」の語からまとめたようだが、その文章はうかがい知れないままである。由利は俳人として但馬の俳句界で活躍、大正七年からは豊岡町長として町政に尽力した。

絵はがき文面翻刻

翻刻に際して判読不能な箇所は□で示し、判読の定まらない箇所については推定のうえ文字をあてた。また、読みやすさを考慮し、脱字と思われる箇所は〔　〕で補い、字体や清音・濁音についての整理等も適宜おこなった。

〈一七頁　水落露石・武富瓦全ほか〉

東京本郷区千駄木五十七　夏目金之助様

「我輩は猫である」再読三読三毛子をあはれむ

恋猫はゆきてさびしや梅夕　(石)

ズット評判の大猫申銭は入りません

小□生

席末筆□　翠渓　不倒　文淵堂かなを生

カーライル博物館写生　瓦全生

〈一八頁　堺利彦〉

本郷帝国大学　文科大学　夏目漱石様

東京市麴町区元園町壱丁目二拾七番地

新刊の書籍を面白く読んだ時、其の著者に一言を呈するは礼であると思ひます。小生は貴下の新著「猫」を得て、家族の者を相手に、三夜続けて朗読会を開きました。三馬の浮世風呂と同じ味を感じました。堺利彦

〈一九頁　内田雄太郎〉

東京本郷区千駄木町五十七番地　夏目金之助様

安芸江田島海軍兵学校官舎　内田雄太郎

"I am the cat"

〈二〇頁　二宮行雄〉

東京市本郷区千駄木五七　夏目金之助様

神奈川県中郡土沢村　二宮行雄

今年は馬である

参拾九年元旦　行雄

〈二一頁　坂元雪鳥〉

東京牛込早稲田南町　夏目金之助様

訃報到る

猫塚に鼠尾萩なんど植うるらん

二十二日夜　秋田にて　坂元三郎

〈二二頁　野間真綱〉

東京牛込区早稲田南町七番地　夏目金之助様

鹿児島市下竜尾町一九一　野間真綱

朝日紙上にて猫がなくなつた事承りあの猫が時々小生のひざに乗つたことを思ひ出し可愛そうなことしたと思ひ候

萩の枝にビール注いで手向けけり

〈二五頁　阿部次郎〉

東京市外早稲田南町七　夏目金之助様

鵠沼　阿部次郎

先日は久しぶりでお目にかかっていゝ気持になって遅くまで御邪魔いたしました　昨日こゝろを拝見いたしましたいつも同じやうなことを申上ますが遺

書の後半を非常に面白く拝見いたしました　後半といふのは「先生」が自分で自分がたのみにならなくなる彼処以後です　あゝ云ふ心持を書いてくれる人は先生の外にはないと難有く思ひました　勝手な願ひですけれども、私はこゝろの篇末から篇首に繫ぐ糸を正面にして書いて下すったらどんなに嬉しいだらうと思ひました。それは前の小説で御書きになったやうな気もしますが、まだ御書きになってゐないやうな気もします。私は先生の小説を拝見すると、いつもおしまひの息苦しく緊張したところから筆を起して、もっと息苦しい恐ろしいところまで持っ〔て〕行って下さらないかしらと思ひます、今度もさう思ひました、さうしたらどんなに苦しくとも、又どんなにいゝ心持でせう。拝見して思ったことを申上ます、十一月二十日、

〈二六頁　奥太一郎〉

東京市牛込区早稲田南町九《〔ママ〕》番地　夏目金之助様

熊本市内坪井町　奥太一郎

過日は参堂致し御厚情を辱ふ致し難有奉存候　もう一度御邪《〔ママ〕》間致度と望み居候間も意を果さず二十四日御地出発三十一日帰宅致申候　当地暑気未だ随分烈しく困り居申候　明日より愈々授業に取りかゝり候へば一層暑さを増し候事と推察致され申候　三四郎毎夕面白拝見致居申候　時節柄御自愛専一と奉存候　匆々　九月十日

〈二七頁　小松武治〉

本郷区千駄木町五七　夏目金之助様

淀橋町柏木九一　一月二十七日　小松武治

拝啓　御多忙中の処早速御返事賜り忝く奉謝候　何れ拝眉の節御礼可申上候先づは不取敢御礼迄　二十五日夜帰京仕り候　拝呈

序文の事は残念に御坐候へ共御多忙中の事故宜しく御坐候　強いても御願ひ申さず候

〈二八頁　小宮豊隆〉

東京市本郷区千駄木町五十七番地　夏目金之助様

東京都　小宮豊隆　十二月二十二日

途中乗客甚だ多く名古屋あたりまで殆んど立ちすくみの状にて困り申候　昨薄暮当地留明日郷里へ向け立《〔ママ〕》発仕るべく候

昨日今日雪もよひの空に候

〈二九頁　田口俊一〉

本郷区千駄木林《〔ママ〕》町五十七番地　夏目金之助様

本郷区台町六一富士見軒　田口俊一

先生の御傑作に対し私もベストを尽した画を上げねばならぬが今一寸隙がなくて。《〔ママ〕》かけませんから。又々悪魔国の日の出をお目にかけます。御世辞でなくあの人形は甘く出来て居ました　今度は私も一つ何にか人形をかいて見ましよ。

〈三〇頁　田口俊一〉

本郷区駒込千駄木町五十七番地　夏目金之助様

北豊島郡巣鴨村大字新田六六〇千住方　田口俊一

先生の肖像画難有拝見致しました　天下無類飛切の好男子に出来て居た為とんと見まちがひました。出来たらどーぞよこして下さい。二月二十五日

「先生けふはしらべて来ません」

「そんな事が分らぬ?」

〈三一頁　寺田寅彦〉

駒込千駄木五十七番地　夏目金之助様

昨日は御かげ様にて大変面白ひ者を見候。今夜思ひ出してこんな楽書が出来候まゝ御目にかけ候。どうしても見てかゝねば駄目に候。右迄　寅

[絵の中に]

Study of Kagekiyo Etc.

当世式になつた　不得要領　御曹司の足がすわらず　頭巾の形を忘る　立ん坊　こんな顔があるものか　こいつはまづい事第一

〈三二頁　上野直昭・岩波茂雄〉

東京市牛込区早稲田南町　夏目金之助先生

日光の裏山を歩いて居ると放飼の馬に遇ひました。岩波が怖い〳〵といひながら立止りましたら馬の方では恥かしかつたと見へて後も見ずに遁げてしまひました。追貝に一泊、只今伊香保への電車中です。右確実を証する為岩波が署名いたします　九月一日　午後五時　上野直昭

上野はウンジンな事をして喜ぶ男なるは右にてその確実なるを証明候也　岩波茂雄

〈三三頁　野上豊一郎〉

東京市本郷区千駄木町　夏目金之助先生

硫黄灘の船の中にて　野上豊一郎　六月二十一日朝

今瀬戸内海の波上に浮んでゐます　波しづかに風和かく舷頭の火かげ水にゆらぎて夜のけしきの美しさ　となりに頭の長い男がゐて誰を相手ともなくしきりに台湾の話をしてゐます　僕は此男を見て「ウラナリ」君を聯想せずにはゐられない、

〈三四頁　野上豊一郎〉

牛込早稲田南町七番地　夏目先生

巣鴨上駒込三八八　野上豊一郎

拝啓　小説が出来たそうですから見てやつて下さい　明日頃清書して郵便で送ります　草々　木曜夜

[裏]　二葉亭がロシア物を訳する時にはいつも此の先生の土語を借用してるやうに思ひます

〈三五頁　野上豊一郎〉

牛込区早稲田南町七　夏目先生

巣鴨上駒込三三四　野上豊一郎　三月二十一日

此間の金曜日に宝生さんから、「この

週は休んだが来週はその代り二度参ります」と先生に申してくれとの事でありましたが、虚子さんにきいたら、先生はあの日神田へ御出の由に付、あの伝言はもうよい事と存じます。「鳩の話」を見て頂いた御礼を申てくれとの事です、私の小説はまだ出来ません、中と安倍が今日また謡に来ました。

［裏］ 隅田川

〈三六頁 上田敏・野上豊一郎〉

東京牛込区早稲田南町七 夏目金之助
様
京都南禅寺瓢亭にて 五月三十日
御無沙汰を謝し御健康を祈る 上田敏
こゝからライオンの吼えるこゑがきこえます 野上豊一郎

〈三七頁 野上弥生子〉

東京牛込区早稲田南町七 夏目先生
大分県臼杵町 野上やい子 三月二十
六日
九州でさへまだ中々お寒う御座います

東京はさぞかしとおもひやられます。先生の御病気におさわりは御座いませんか。御案じ申上げます。町から一里ばかりの田の中にこんな石の仏像が沢山御座います 大友宗鱗《〔ママ〕》の頃天主教に帰依したゝめにみんな破壊しようとしたものだそうでして、大そうこわれてをりますが、一寸とおもしろいものゝようで御座います、みな〳〵様へよろしく申上げます

〈三八頁 野間真綱〉

本郷千駄木五七 夏目金之助様
「まぼろし《〔ママ〕》」の楯」を読みて。

○

まぼろしの のろいの楯
血はしりし 蛇のまなざし
なきよばひ たけるときしも
ぬばたまの 暗の空より
いなづまの ひらめく思ひ

○

やけ落ちし 城のひさしゆ
楯の面に 炎はくとき
天地も 鳴りとよもほし
はたゝがみ とゞろく思

○

仏手柑の 黄ばむイタリヤ
緑なす 波途はるけく
紅の 旗みゆときし
てり渡る 望の光
げにくしき 幻の楯
げにくしき 筆のゆきかひ

先日は御馳走難有存候 幻の楯は倫どんタワーよりも一層の傑作と存じ候 当夜小生は先生が偉大なる手腕を有せる人なるを認めて密に畏敬の念にをそわれ候 つな

〈三九頁 野間真綱〉

本郷区千駄木町五十七番地 夏目金之
助様
赤坂区新坂町六○ 永井氏 野間真綱
先達は御馳走になりまして難有存じます。宿を代へよと思ひますけれどよいのがなくてしばらく中止しました。小

沢と申す人が参りましたか　御迷惑と存じましたが先生へ紹介してくれとの事でかいたのです。さぞ御困りだったろーと思ひます。ヘルンの out of the East を読んでいますが熊本の事が多いので高等学校時代を思ひ起します。フィツゼラルドのカルデロンの訳は一寸面白い様ですがまだ読みかけたばかりです。試験があるので何だか手がつかず何も出来ません。真拆君は散歩の詩をかいたそうですが早く見たいものです。　つな
長霊癋見

〈四〇頁　野間真綱〉

本郷区千駄木町五拾七番地　夏目金之助様
麻布三河台町参一邸　野間真綱
年が明けて目出たいか不目出度かわかりやせぬ　何でも世の中はぽんぽこぽんのぽんぽん拍子で呑気に暮らすがよいわいなはぽんぽこぽん　三九年一月元旦

〈四一頁　橋口五葉〉

市内牛込区早稲田南町九〔ママ〕番地　夏目金之助様
下谷区谷中清水町五番地　橋口清
拝啓　其後は御無さた致候　御転宅のおりは御知らせを得候へ共御存じの通りいそがわしく未だ御見舞も致さず失礼致居候　展覧会の画も一通り出来上り出品致候　扨て虞美人草の表紙に附きては春陽堂より参られ候へ共未だ出来上ず　然し近い内には出来上る可く存居り候　二十五日過ぎたらば何れ参上申上ぐ可く候　先は　更々　二十一日

〈四二頁　橋口貢〉

東京市本郷区駒込千駄木町五七　夏目金之助様
鹿児島市樋之口町四六　橋口貢
其後は御不沙汰致しました　不相変頑健です　二月の末頃には愈々文集御出板の由御喜び申上げます　猫先生は長崎の書肆でも鹿児島の書林でも店には必ず顔を見る次第です　当地では高等学校の学生間などに愛読者多ひそうです　小生はこの頃は政治も文学も美術も知らず只南方の冬を楽しみ居るです　空は青く日光暖かく地はかわき「ゼラニヤム」や「カンナ」の花は軒下に咲き寒椿や梅は今が満開なのです　後園には菜の花咲き恋猫も鳴ます　池塘水暖かにして「ヲタマジヤクシ」座禅豆の如くむらがり目高が小さき鰭をゆるがしてはあやめの枯葉の間を縫ひ行くです　窓傍の椶櫨竹日光にほてり雛鶯公達の様に威勢よく飛び移るも興ありです　昨日は郊外に出でし所小滝あり懸涯より二流となり岩に落ち巌は青苔山蘭美しく生へ傍に馬頭観音の祠ありて白梅かほる清楚云ふ可らず狩野や浮世絵名家の絵を見る様でした　小生も近々上京し様と思ひます　節角御健在を祈り居るです　一月二十二日

〈四三頁　松根東洋城〉

東京麴町内幸町長与胃腸病院　夏目金之助様
高浜郵便局ニテ　松根豊　十二月三十日

余ハ今病父ノ枕頭ヘト心急ギ身急ギツ、アル、車中デ一時ノ不快ヲ得テ途ニ一泊静養ノ上船ニテ故郷ニ向フ　今此港ニ一時間ノ碇泊ヲナスヲ利シテ郷里ニ電話ヲカケテ病ヲ聞カントシ家人出ヅルヲ待チツ、アリ　二三時ノ後ニ長浜ニ上陸シソレヨリ車行十五里ニ今夜山間ノ小街大洲ニ泊ランカ　電話未ダ通ゼズ病父ヲ距ル太ダ遠カラズ　今只閑海岸ニ立ツ時石垣ノ波ヨケニ投ゲラレタル捨石ニカキノカラガ一パイニツイテ其レヲメグツテ一丈余ノ藻草ガナビキユライデヰル　ソノサキニ少シ白イ砂地ガアツテ又低イ藻ガ生ヱテヰル　ソノ先ハ段落ナリ　人生ハ足元ノ少シ許リノトコロバカリガ明ルイモノナリ　瀬死ノ病父ハ遠イ低イ方ノ藻デ式部官ニナリ書記官ニナリ俳人ニナリ宮様ヘ出デ、寐ル間モ無ク忙シイ余ハ手前ノ方ノ高イ藻ナリ　相距ル一間ニ過ギズ生死昨今ノミ　小春風南渡来島の瀬戸の渦

〈四四頁　松根東洋城〉

牛込早稲田南町七　夏目金之助様
築地二ノ三九
松根豊　九月七日

もはや御帰京のことと存候　今度は無事に御帰りなされしことと喜び居候　私多忙にて伺へず御大葬には京都へ参候間いづれ帰り次第参上可致候　さて明治天皇奉悼の句及奉送の句戴き度此手紙仕之候次第御つくり下され度至急願上候　十二三日頃京都へ参候

〈四五頁　皆川正禧〉

本郷千駄木五七　夏目金之助様

昨夜も長くなツて帰ると九時過ぎ竹山君へは端書で知らせてやりました、一寸上ツて直ぐ帰らうとするけれど長坐は田舎よりの癖詮方がありません、伝君から手紙がきました　三月三十一日までに辞職すると校長に宣言したそうです　正禧　三月一日

〈四六頁　物集芳子・物集和子〉

東京市牛込区早稲田南町七番地　夏目先生
仙娥滝にて　物集芳子　和子

山道を二里半あるきまして只今此処へつきました　誠に何とも申しやうもない佳い景色で御座います　すごいやうな気もいたします　明日富士川を下らふと思つて居ります

〈四九頁　会津八一〉

東京市牛込区早稲田南町七　夏目金之助様
越後国針村　会津八一

御染筆ありがたく頂戴致し候　右は蕪村の文天祥像　左は許六の画に芭蕉の讃せしもの　御清鑑被下度候　五月四日　八朔郎

〈五〇頁　尼子四郎〉

牛込区早稲田南町七　夏目漱石先生
　侍史
本郷千駄木町五十　尼子四郎
粛啓
藤浪翁寿詞の儀早速御快諾被成下洵に難有奉存候　厚く々々御礼申上候　絹地の儀は呉博士より不日持参可被致筈に存候間左様御承知可成下存候乍末毫御令閨様へ宜敷く御鳳声奉願上候

〈五一頁　伊藤左千夫〉
本郷駒込千駄木町　夏目金之助様
本所茅場町三ノ十八　伊藤幸次郎
祝興国　新年
新年状に旧年の事を記し候　こんな板面をして居候処へ御書面にて拙作への貴評実に嬉しく候　全く諸君の御推奨の御蔭と存候　仰せの如く説明の点外にも多いかと存候　帝国文学是非拝見可仕候　右まで　不悉

〈五二頁　内田魯庵〉
牛込早稲田南町七番地　夏目金之助様

牛込砂土原町2ノ6　内田貢
御秘蔵の書籍即時御届被下千万忝く謹みて御礼申上候也　何れ面晤　二十五日

〈五三頁　小山内薫〉
牛込区早稲田南町七　夏目金之助先生
浅草瓦町二八　二十二日　小山内薫拝
御不沙汰のみ致居り申わけも無く候　拙著恥しながら御目にかけ候に対し貴著御送り被下却て恐縮仕候へ共折角の御思召故、有難く頂戴仕候　不取敢御礼迄草々　このハガキは貞奴の喜劇に有之候　ロンドンの夜景なる由　小生等未洋行党は只もう驚嘆致し居候

〈五四頁　近松秋江〉
東京牛込区早稲田町　夏目漱石様
京都にて　徳田秋江　五月三十日夜
桑木さん上田さんに会ひました　桑木さんは「先生の遺書」を愛読してゐられ、夏目、大塚、加納あたりが出てゐて、自分等の程度には、先生の作が最もいゝと言つてゐられました。鞄と半襟は、私も先日買ひましたから笑ひ〳〵読みました。

〈五五頁　津田青楓〉
東京牛込早稲田南町七番　夏目金之助様
甲洲にて　津田青楓
昨日は失礼仕候　今朝出発猿橋に下車仕候　何処に落つくか未だ未定

〈五六頁　土井晩翠〉
東京市本郷区千駄木町　夏目金之助様
此はがきは今日独乙から届いたから何か君の小説の材料になれかしと望んで早速送る、成らなくとも成る様にするのがエライのだね　僕はちと大胆だがパラダイス、ロストの韻文(八七調)訳をはじめた　正月以来の太陽へ陸続出す都合だ　十二月六日　晩翠

〈五七頁　徳田秋声〉
牛込早稲田南町　夏目漱石様　侍史

本郷区森川町一　徳田秋声
「あらくれ」は迚もおよみになるやう
な代物ぢやありませんが、おひまがご
ざいましたら、ごらん下さいまし。
「朝日」の方が少し書きたまつたらお
わびかた〴〵一寸お伺ひいたしたいと
思つてをります　時節がら御自愛を祈
ります

〈五八頁　鳥居素川〉
東京牛込早稲田南町七　［上］夏目金之助殿／［下］夏目漱石殿
［上］花槎風雨後　洛西花の寺にて
同行十五人　素川　四月十四日
［下］閑花聴無声　素川　落椿清水な
がる〻処哉　青々

〈五九頁　鳥居素川〉
京都三条木屋町大嘉楼　夏目金之助殿
兵庫県武庫郡芦屋山手　鳥居
マダ御滞京ですか、ソツと御来遊如
何、芦屋は気候の好い所です、長谷川
君も居ます、ソレとも当方より行きま
せうか、御迷惑なら止します、三月二
十六日

〈六〇頁　長谷川時雨〉
牛込区早稲田南町九〔ママ〕　夏目金之助様
東京京橋区新佃西町三丁目五番地　舞踊研究会　三十一日　時雨
脚本のこといろ〳〵御心配をかけまし
て申訳なく存上げます　先生から御は
なしを伺つたといつて春陽堂から相談
が御座いました故其方へ願ふことにい
たしました
［裏］　御目にか〻りましておわび申上
ます

〈六一頁　藤岡作太郎〉
東京市牛込区早稲田南町　夏目金之助様
神奈川県大磯茶屋町中村屋　藤岡作太郎
拝啓　其後御無沙汰致候　さて突然な
がら畔柳君より承候へばセーンベリー〔ママ〕
のよりも簡にして要を得たる批評の歴
史御所蔵の由右書名及著者一寸御教示
にあづかり度右御願のみ　六月三十日

〈六二頁　松本文三郎〉
東京市牛込区早稲田南町九〔ママ〕　夏目金之助様
拝啓　貴命により春陽堂より鶉籠壱部
落手　右難有奉深謝候　先日御願の件
も何卒宜敷奉願上候　二十三日　京都
松本生

〈六三頁　水落露石〉
東京牛込区早稲田南町七　夏目金之助様
大阪東区安土町二丁め　水落義弌
昨日この家へ引移候次第　ゴッタ返し
にまぜ返し混雑を極め居候　御不沙汰
の段いくへにも御わび申上仕候　乍末
毫御令室へよしなに御致声祈上候　不
取敢貴酬迄　ぎいち
［裏］　懐徳堂記念会は非常の成効に候
ひき　露石
明治四四年十月一日より六日迄展覧会

五日紀念祭挙行　六日七日両日講演会

〈六四頁　松根東洋城・村上霽月・
下村為山〉

東京牛込区早稲田南町七　夏目金之助
様
伊与《ママ》道後温泉鮒屋にて　豊　九月八日
きのふ高浜に上り霽月子とこゝに来る
温泉は不相変心地よし　夜花叟来雑談、
月明を踏んで公園に月を観る折柄此地
滞在の為山画伯とも語らふ　公園丘上
平地の月は水を打ちたる如く白く全丘
松虫の声に埋もる　月下松山東野北郊
の家の灯を見る
[裏]
霽月　新涼に底まで澄める朝湯かな
為山　連れ立つや宿の浴衣を借着して
霽月子と唯二人鮒屋に泊る
新涼に寐れば広しや十五畳　城

〈六五頁　村上霽月〉

早稲田南町　夏目金之助殿
竹橋前中央旅館にて　村上半太郎

御起居如何お伺候　此間新潟へ参り某
家珍蔵釈良寛の書数多一見致候　良寛
詩集も有之近日御贈り可申上候　五月
六日　草々

〈六六頁　牧放浪〉

東京牛込区南榎町　夏目漱石様
六甲山避暑地　放浪生　八月念六
拝啓　其後御動履何如　昨日来山上風
雨凄々　日中華氏六十八度硝子戸をた
て切閉息いたし居候　暑少御凌□にて
もと願□書申入候
[裏]
白雲無定形　開闔一何奇　日夕忙来去
須臾不我離
雲侵石牀冷　心楽入山深　小隠親麋鹿
時為梁父吟
笑政

〈六九頁　伊東栄三郎〉

Herrn Natsume Tokyo Japan
日本東京牛込区早稲田南町　夏目金之
助先生

E. Ito, Münchenerstr. 42. Berlin W.
30.
只今東京宅より新聞切抜「夢十夜」
「三四郎の予告」楚人冠氏の「北米小
景」「太平洋小品」「大西洋即事」外面
白き雑報など送越し候、早速耽読可仕
と楽み居申候益々御清健の段奉賀候内
丸君はニコ〱ものゝ事と奉遥察候
小生の宿には邦人五名あり、貴著及楚
人冠氏の文を敬する人不尠、一同切抜
を喜び居申候
[裏]　明治四十一年九月三十日伯林に
て　伊東栄三郎

〈七〇頁　内丸最一郎〉

Tokio, Japan.
東京牛込区早稲田南町七番地　夏目金
之助様
Via. Siberia.
9, Rue de Sommerard, Paris V.
恭賀新年
大正二年一月元旦
在巴里　内丸最一郎

昨年六月より十月迄伯林滞在、十一月始め当地へ転学仏語稽古中に有之候　三月渡英夏迄英国へ滞留、米国を経て今秋帰朝の予定に有之候　二ヶ月足らずの仏《〔ママ〕》ランス語を振り廻して昨今は大分巴里通と相成り申し候　此処は花の都、

〈七一頁　大谷繞石〉

K. Natsume, Esq., Tokyo, Japan
Via Siberia
東京牛込区早稲田南町七　夏目金之助様

田舎旅行を致し居り候　私一人のこととて勝手な処へ行き勝手な処で泊り気楽に候　一昨日コニストン一泊、昨朝ラスキンの墓に謁し午後グラスメアにてヲルヅヲルスの家を見、当地着一泊、今朝クロスヱイト、チヤーチの朝の勤行に列しサウジーの紀念像を見申候　日曜のこととて今日一日当地に滞在致し候　五月七日　ケスキクにて　繞石生

〈七二頁　神木健介〉

大正二年八月二十六日
ロンドンにて　神木健介

今日朝の内独りでカーライル博物館〔へ〕参りました　英文学には何等の素養のない僕にもこゝは大変おもし〔ろ〕く見ました　先生から一高の昔時々伺った事など想出され其当時頭脳に描いて居ったチェルシーの御爺さんを今眼のあたり見る様な気がしました　家守の婆さんが大変歓迎してくれまして日本人はよく来るといって裏庭の蔦の葉を二三枚くれました　一枚御福分を致します　何だかかういふ処〔へ〕来てみると建築やなどはつまらぬ商買《〔ママ〕》だと思ひます　つまらすためには僕等がモット一生懸命にならなければいけないのでせうか

〈七三頁　小松原隆二〉

K. Natsume Esq Tokio Japan Via Siberia
東京市牛込区早稲田南町七　夏目金之助殿

暑中御見舞申上候　八月十六日　小松原隆二

〈七四頁　渋川玄耳〉

Tokyo, Japan,
東京早稲田南町　夏目金之助様

病気でホテルに引籠つて一行におくれこれより独りで大西洋を渡らねばならず候　毎日窓から、切迫して居る煉瓦壁を眺めくらし候　壁といふものはどう見てもあまりおもしろいものには無之候様に存候　五月二日　新ようく府にて　柳次郎

[裏]　ダッチとヂャップは面白い国民だと東部ではもてる由在留日本人は誇り居候　面白いものとして見らるゝは余り名誉の事にもあるまじくいっそめちゃ〳〵に嫌はれて見たきものに候　五月二日

〈七五頁　高辻亮一・桑田芳蔵〉

Via Siberien Japan

東京市早稲田　夏目金之助先生

先日朝日デ「手紙」ヲヨンデ洋行シテ初メテ笑ヒマシタ、十月ニナルノヲマツテ居リマス、（御作ガ出ルト云フノデ）桑田文学士ト昨日出発、ヱナヲ経テ昨夜ハワイマール一泊、ゲーテ、シラーノ臨終ノ家ヲ見マシタ、独乙ニ似合ハズ小意気ナ町デ大ヘンキニ入リマシタ、今日避暑地ナルアイゼナハニ着、昔ノ城跡ヲ見マシテ其ワキノ山上ノホテルニ泊ツテ居マス、タンホイザーノ舞台タルフエーヌス、ベアヒヲ眼下ニシツ、之ヲ認メテ居マス、御壮健ヲ祈リマス、寺田氏ハモー帰ラレタデセウ、草平君ニ宜シク願ヒマス、八月三十日

［裏］　アイゼナッハニテ　高辻亮一

当地ノ城ノ中ニルーテルガ聖書ヲ訳シタヘヤガアリマス、悪魔ヲナゲタト云フカベハ見物人ノ為メニ少シヅ、削リトラレテコハレカ、ツテ居マス

ゲーテノ家ハ立派デシタガシラーノ方ハズツトキノドクナ風デシタ、

遥に御健康を祝し候　桑田芳蔵

〈七六頁　寺田寅彦ほか〉

Herrn Natsume Tokio Japan Via Sibirien

東京市牛込区早稲田南町　夏目金之助様

寺田君来林近隣に住み毎日会合　只今四マークの葡萄酒に太平楽の最中、祈御健康　伊東栄三郎

苺と梨と密〔ママ〕柑とのはいつたアイスクリームを食ひ候。緑色のソースは無之候。寺田寅彦

寺田君は緑色の酒を飲みたい。大河内正敏

末席に列し御噂致居候　小野義一

［裏］　六月十二日　伯林トラールバッハにて　伊東栄三郎　小野義一

〈七七頁　寺田寅彦〉

An Herrn K, Natsume Tokio Japan Ueber Siberien

牛込区早稲田南町七　夏目金之助様

其後御変りも御坐いませんか。三四郎を遥々送つて頂いて難有う御坐いました。読んで居るといつの間にか本郷小石川辺に居る様な気がして早稲田はつい鼻の先の様に思ふ。二階の窓の下の往来で小供の呼び交す声を聞くと調子がちがつて居るので又伯林へ呼びかへされる。」昨夕ローヘングリンを見聞に出かけました。例のウーバーチユアのガヂヤンで少し可笑しくなりました。エルザになつた女が丁度グリウズのかく女のもう少しインノセントな様なので大喝采を得ました。」朝日新聞を送つて来て居ましたが来なくなりました。誰れから送つてくれたかわからない。先生は御存じはありませんか　七月四日

［裏］　先日此処の絵の展覧会を見に行きましたが、随分まづいのもあつて矢張り仏国などから見れば少し田舎かも知れまいかと思ひました。デカダンも少々ありました。思い切つた絵があり

ます。パステルだのエチングの様な日本で見馴れぬものはいづれも面白くて垂涎の体でありました。それから彫刻でもどうも日本ではまだ見られぬと思ひましたよ、一つは手本になる人間のからだが出来て居ぬから仕方がないでしようが　七月五日　寅

〈七八頁　寺田寅彦〉

An Herrn K. Natsume Tokio Japan
Über Siberien
東京牛込区早稲田南町七　夏目金之助
様

フリードリツヒ町の辻に立つて「ロカールアンツアイガー!?。ターゲブラツト!?　デイ、ウオツヘー!?　シムプリチズムス!?……」雨がふつても平気で、雫の垂れる新聞をだらりとさげて「ロカールアンツアイガー!?……」「ターゲブラツト……」「……」「……」大学の正門の柱石に腰かけて新聞を売る婆さんがある。近眼と見へて喰付く様に新聞を読で居る。時々思出した様に「ロカールアンツアイガー!?　ターゲフラツト〔ママ〕!?……。……。………」
巡査

〈七九頁　寺田寅彦〉

An Herrn K. Natsume Tokio Japan
Ueber Siberien
東京牛込区早稲田南町　夏目金之助様

昨日ケルンから此処迄汽車でラインの岸を上りました。成程美しい景色でした。昔の城跡が到処に残つて居ますがどうして此んな小な家に籠つて淋しい岩山の上で大名だといばつて居た事だろうと不思議に思ひました。」ロレライの絶壁は思つた程凄い処でもなく下を外車の奇麗な河蒸汽が旗を立てゝ通つて居ました。
[裏]　ウテルテル〔ママ〕の原稿の挿画に大勢で青年の死骸を取巻て泣き悲しんで居るのがあります。どういふものか此画が眼について忘れられません。粗末な彩色絵ですが。」それから軽気球の展覧会を見て頭の中が十八世紀と二十世紀の五日ずしになりました　九月二十四日　寅

〈八〇頁　寺田寅彦〉

An Herrn K. Natsume Tokio Japan
Ueber Sibirien
東京牛込区早稲田南町七　夏目金之助
様
bei Fr. Lotheisen, Planckstr. 18
Göttingen

謹啓、其後御病気如何に候哉　引継き御快癒の事かと被存候へ共、御自愛専一に奉存候、私事いよ〳〵伯林を引き上げ当地へ参り候、丁度東京から高知へ帰つた様な気が致候、到着の夜は満月にて西洋へ来て以来始めて月を見る様な心地致し候、伯林出発前はいろ〳〵と用務多端此処へくると急に何もする事がなくなつた様でがつかり致し候、目下秋葉黄落数日にて愈々淋しき景色になるかと思はれ候、パンジオンに仮寓致し居り候、寅　十月十八日
[裏]　十月十八日　寅彦

〈八一頁　成瀬正一〉

Tokyo Japan
東京京橋区東京朝日新聞社内　夏目金之助様

十一月十六日の御端書ありがたく拝見致しました。私は降誕祭の前後ワシントンから南部アメリカの方へ参るつもりです。此頃は、サラ、ベルナアルが来てゐて、米人はその噂ばかりしております。私も一昨日見物に参りましたが、戦争物の甘いものばかりでつまりませんでした。二月ほど後には紐育を去り、ボストンへ行くかも知れません。十二月十日　夏目先生　紐育市成瀬正一

〈八二頁　長谷川天渓〉

K. Natsume, Esq., Tokyo, Japan. Via Siberia
東京市牛込区早稲田南町　夏目金之助様
23 Christ Church Ave., Brondesbury, London, N.W.

昨日当地着の朝日にて御重患の事漸く承り申候　はがきにて甚だ失礼なれど取りあへず御見舞申上候、迂生はまだ方角も解らず日々まごつき居り候　大谷君と同宿にて御座候　不一　九月十六日　長谷川誠也

〈八五頁　上田恭輔〉

東京牛込区早稲田南町　夏目金之助様

近頃此湯は非常に改良しましてよほど良くなりました　其内遊に入らつしやい　今吉林の帰りで一寸此所で休んで居るのです　草々　恭輔　十二月八日

〈八六頁　中村是公〉

東京麹町区内幸町長与病院　夏目金之助様　K. Natsume Esq. Tokyo Japan

ハルビンにて　中村是公
一昨日着　明日発南満に帰ります　一月六日夜

〈八七頁　西村誠三郎〉

東京市牛込区早稲田南町七　夏目金之助様
大連信濃町四十三中天倶楽部内　西村誠三郎

啓白　其後御病気は如何で御座います。幾分は宜敷い方で御座いますか。奥様やお子様方にもお変りは御座いませんか。小生も今は毎日無事に出勤致して居ります。妹を永々御世話で御座います。

［表］暑さの御伺迄申上げます。大連の夏は御承知ですから別に申上げません。七月二十七日

〈八八頁　西村誠三郎〉

東京市牛込区早稲田南町七　夏目金之助様
湯崗子　西村濤蔭　十月七日

巌谷小波氏と同行候際各小学校巡回。昨夜当温泉に来り申候　先生御渡満当時に比し非常に諸設備完全改居候　先は御機嫌伺　御奥様に宜敷、

〈八九頁　矢野義二郎・橋本豊太郎〉

東京牛込区早稲田町　夏目金之助様
韓国竜山島　矢野義二郎　橋本豊太郎
イヤお久し振り　改マツテノ御挨拶ハ抜キニ致シ升ウ　今日陸軍祭ニテ不図邂逅セシ矢野兄ヨリ昨秋御来仁態々御訪問ノ御芳志ヲ承リ旧誼難忘候　行違拝眉ノ出来ザリシハ遺憾千万　然シ遇ツテモ遇ヘナクトモ会心ノpointハ一！　橋本
祝御健康　矢野
[裏]　Cher Mon Ami　Monsieur Natsume　T. Hashimoto

〈九〇頁　俣野義郎〉

東京牛込早稲田南町　夏目金之助様
加茂川町　俣野義郎　八月二十日
残暑には御同様閉口に存候へども益々御健勝の事と奉存候　小生も不相変活動何か或物を作るべく奮戦致居候　みどり冬別品と相成居申候　橋本サンニハ日夕接シ居申候　敬具

〈九三頁　松根東洋城〉

(一)既に御退院の由目出度候　此上は転地御保養最肝要と存上候　当地様子御問合はせの処図の如き土地にて山峡の稍長き町にして多くは温泉宿に候温泉は硫黄を主とし温まる方に候　食物は海の物山のものも先づ何の不便も無之候得共他の山地の温泉と異り候故比較的暑気は強く候　若し涼しきを主として冀はゞ此地は最好適の避暑地には有之まじく、最胃腸の予後には適当の様温泉効能書より推測され候得共
[裏]　修禅寺　菊屋別館

〈九四頁　松根東洋城〉

(三)小生の此地の用は無用の用にて何かあつた時の表面の責任者にて其他は御散歩の時の随行に毎日所々に御見物の御供　暑い時分故一層暑く候　或時は昼或時は夕、夜は又夜にて何か御遊の御伽あり、句を作る間もなし　さりとて是といふてまとまつた用はなし、けふはこれより三島まで大妃殿下姫宮様御出に付御出迎いに候　最暑き天気となりたり

〈九五頁　小宮豊隆〉

伊豆国修善寺菊屋本店　夏目金之助様
豊　二十日
今日は又雨がふる。昨日春陽堂の本多が来ました。歯をぬいた跡が化膿して二ヵ月入院してたと云つてゐた。私は今人間に対する興味と人間に対する淡い反感とが相剋する矛盾を感じてゐる。

〈九六頁　小宮豊隆〉

伊豆国修善寺菊屋　夏目金之助様
二十八日　豊
枕元に花はあるか知らんと思ふ。桂川の川端にコスモスが咲いたか知らんとも思ふ。青木堂の二三軒手前に奇麗に飾ざつた花屋が出来た、今日前を通つたら、ガラス越しに美しい花の鉢がいくつもならんでゐた、送れるものな

ら送って上げたい。

〈九七頁　小宮豊隆・坂元雪鳥〉

伊豆国修善寺菊屋本店　夏目金之助様

二十九日　豊

三重吉の小説がだら〳〵してゐて困る。昨日森田と勘定して見たら、もう百四十回だから七百円とつた事になります。三重吉はあれを続けて千円もとる気ぢやないか知らんと思つたら、少々三重吉が恐ろしくなつた。尤も蘇峰の金ならとつてやるもよかろとも思つた。

（千円ナンテ出シァシナイカラ大丈夫。坂元附記）

〈九八頁　小宮豊隆〉

麹町区内幸町　長与胃腸病院　夏目金之助様

本郷　豊　十一月八日

「レモンの花の咲く丘へ」は一寸面白いところがあるから、何かの序に紹介しやうと思ひます。其前にゴーリキーの「どん底」の評をかかうと思つてゐます。昇氏が訳したものだがあの人も日本文が大分うまくなつた。私は露西亜語を始めました。六づかしくて手固摺つてゐる。

〈九九頁　鈴木三重吉〉

東京麹町区内幸町　長与胃腸病院　夏目漱石先生侍史

千葉県成田町　鈴木三重吉拝

謹啓　今夜は小説が書けませんから〝草枕〟を読みました。先生は御自分の以前の御作を取り出してお読みになる事がおありなさらないやうですが、此際ノンキに読んで見られたら興味を感じなさるだらうにと考へましたから此ハガキをかきました　頓首

〈一〇〇頁　鳥居素川〉

東京麹町区内幸町　長与胃腸病院　夏目金之助殿

大阪天下茶や五七四

賀正　一月一日　鳥居赫雄

から〳〵かんの京都に御来遊も出来可申　天道与善吾党も心強く候　此の上は御退隠《〔ママ〕》の日を待ち申し候　頓首

〈一〇一頁　松浦一〉

麹町区日比谷公園前　長与胃腸病院ニテ　夏目金之助先生

牛込天神町十三　松浦　一

謹て新年の御祝を申上ます

日頃は御無沙汰のみ申上て居りますが新聞への御執筆にて此頃は余程御快方に向はせらる丶御事と存ぜられ唯々御嬉しく存じて居ります　尚折角御加養の程願上ます

〈一〇二頁　笹川臨風〉

麹町区内幸町　長与胃腸病院　夏目金之助様

本郷西片町十　笹川種郎

一雨毎に軽暖を覚え申候　愈御全快の御砌大賀々々　満天星蠢々繋畢生執金吾在聖時我兄独り此の如き気を吐く我兄は気を吐いたつもりでは無し　出るべきも痛快淋漓矣　僕先日聊か他に予

言して適中、漱石君を知るものは其れ僕乎御苦笑被下度候　艸々　二月二十八日

〈一〇五頁　夏目恒子〉

東京市牛込区早稲田南町七番地　夏目方　御父上様
相州鎌倉林《〔ママ〕》木座紅ヶ谷田山別荘方　夏目恒子

御父上様ハ御カワリ御座イマセンカ旅ヲナサラナカツタラ又鎌倉ニオイデクダサイマツテオリマス。コノ間大仏ニ行キ又大仏ノオナカノ中ニ入リマシタ　カイリ道ニ鶴岡八幡ニ行キマシタ伸六サンノ病気ハヨクナツタソウデス。

〈一〇六頁　夏目愛子〉

東京市牛込区早稲田南町七　夏目金之助様
名古屋市東区片端《〔ママ〕》町二ノ六　夏目あい

御父上様にはおかわりもありませんか私は毎日々々色々な所へあそびにいつてゐます。このゐはおじさんがつくつたおんがくどうです

〈一〇七頁　夏目愛子〉

東京市牛込区早稲田南町七　夏目金之助様
名古屋市東区片端《〔ママ〕》町二ノ六　夏目あい

これもやつぱりおじさんのつくつたふんすいです、八月一日はあつたじんぐうゐいきました　八月五日と六日はこうゐ〔ん〕へいきました　あしたはいせの二みがうらへつれていつていただきます

〈一〇八頁　夏目筆子・行徳二郎〉

伊豆国修善寺　菊屋本店　夏目鏡子様侍史
牛込弁天町一五七荻野方　行徳二郎生

十月二日午前

長谷川大将邸ノ馬蹄ノ音ト馬屎ノ臭トガイヤサニ九月末日早稲田館ヲ引揚ゲテ御近所ニ越シマシタ。昨日午后二時御消息承リ先生ハ愈御元気奥様ニモ永ノ御介抱ニ御病気モ出マセズ何ヨリ安心致シマシタ。昨夜ハ筆子サマヤ鈴木サン方ガ展望第一ノコノ高砂館エ御入来　鍋島ノ猫化騒動ノ話ヲセヨト申サレタノニハ弱リマシタ。扨コノエハガキハ筆子サマ昨夜ノ御手スサビ　三尺ハナレテ仰グトキ俗塵ヲ離レタル心地ガ致シマス。御門前丁字路ノ角ニ当高砂館ノガス燈ガ立チマシタカラアノアタリハアカルクナリマシタ。乍末筆御気分ヨキ折ヲミテ先生ニヨロシク申上テ下サイマシ

〈一一一頁　庄野宗之助〉

牛込区早稲田南町九《〔ママ〕》　夏目漱石先生
庄野宗之助

賀正　元旦
小痾の為廻礼申上げざる事御海容願上候

〈一一二頁　橋口貢〉

市内牛込区早稲田南町七　夏目金之助様
橋口貢

恭賀新年　戊申《ママ》　正月元旦

〈一一三頁　山田繁子〉

麹町区内幸町胃腸病院ニテ　夏目金之助様

牛込区弁天町一七二　山田繁子

謹しみて新年の御祝詞申上候　なほ本年も御指導のほどよろしくねがい上候　昨年末には御奥様わざ〳〵御出戴き種々結かふな頂戴物仕り誠に〳〵おそれ入る事に御坐候

［裏］　昨年中は種々御懇なる御指導にあづかり誠に〳〵ありがたく厚く御礼申上候　志げ子

夏目先生御まへに

〈一一四頁　寺岡千代蔵〉

東京本郷西片町十四《ママ》ノ七　夏目金之助様

寺岡千代蔵

謹賀新年　且坑夫の成効を祈る　霜の間を野火焚て見る鶉籠　耕樵の余暇に名文に接するところに候

［裏］　絵は故村の一勝景に候　併乍ら是は実に過ぎたる感に御座候　敬具

〈一一七頁　小林修二郎〉

東京牛込早稲田南町　夏目先生　梧右

鳴蛙

先生妙ナ夢バカリ見給フモノカナ　楽この上なし　夢は到底短夜のものに候

〈一一八頁　四方田美男〉

東京牛込早稲田南町七番地　夏目金之助殿

埼玉県秩父郡樋口村　四方田美男

先日は御返書有難うございました。私は先生の御言葉に従ひます。本日秩父絵葉書十枚送りました。勿論秩父の山間ですから東京の様な立派な処はございませんが然し都会になれた人が御覧なさいましたら少しは「珍らしい」と云ふ心が起りなさらうと思ひます。中に大滝橋と云ふのがございますがそれは直ぐ私の家の前方になつて居ります。御令息様がもつと御覧なさると云ふ御希望でございましたら又何か変つたものを差し上げますから遠慮なく御申越し下さい。先生――暇がございましたら秩父の山へも御遊覧なさいませんか――　四月十九日

〈一一九頁　田中君子〉

東京牛込早稲田南町七　夏目金之助様

きみ

九月二日より同十五日迄、祭礼、縁日などあまた出で丶賑はしく候、これは、四日の午後、引き出さる丶此地の山車にて子供等が沢山乗り、大鼓《ママ》をうちて「エィヤサーエ」といへば引くもの「オソコジヤイ」と申てねりあるき候　また山車は十二三もあり候

〈一二〇頁　野々口勝太郎〉

東京市牛込区早稲田南町七、夏目金之助様

熊本市新屋敷町七十三　野々口勝太郎

拝啓　先づ以て残暑難凌い処いかゞ御起居被遊候や　時候柄呉々も御身大事

に被遊候様奉祈上候　平生は御無沙汰に打過ぎ実以て恐入申候　私も大著「それから」連日拝読仕庸浅なる心もて代助君の不即不離境を羨みゐ申候実は暑中御伺可申上処親戚凶事の為め引入り中御遠慮申上遅延仕候　先は略儀ながらゑはがきを以て御伺まで　謹言　八月初九

〈一一一頁　藤井正次〉

牛込区早稲田南町七番地　夏目漱石先生

五月二十一日昼　府下日暮里元金杉百五十番地　藤井正次拝

拝啓　いつぞやは大変御丁寧な御礼状にあづかりまして誠に有難う御座いました。深く御礼申し上げます。今朝新聞紙上で承知致しました御自作の絵画展覧会御開催の趣！　何とぞ其節は、拝観の栄をたまはり度う御座います。小生は今より楽しみに其日を期待致して居ります。何とぞ貧しき小生の切なる希望を御ゆるし下さいます様此処に深く御願ひ申し上げます。敬具

〈一一二頁　松尾博市〉

東京牛込区早稲田南町　夏目漱石先生

兵庫県印南郡西神吉　松尾博市　八月六日

拝啓　酷暑ノ砌愈御清安被相渉候ヤ御伺申上候　日外御伺申上候　貴著道草、三四郎、硝子戸ノ中、心、全部需メ拝読中ニ御座候　目下明暗ヲ拝読中ニ御座候　時下御自重専一ニ奉祈候　敬具

[裏]　田舎ノ公園ニ御座候

〈一一三頁　宮森麻太郎〉

東京牛込区早稲田南町七番地　夏目金之助様

但馬国城の崎温泉ゆとう屋　宮森麻太郎

拝啓　筆硯益御多祥奉賀し夢十夜の内にある「瓜実顔」和英字書には oval face とあれども如何にもプロゼイクにつき唯 beautiful face と訳して見たれども素より不満足に感じ何かよき御考も御坐候はゞ何卒御教示のほど願上候　御返事は東京の方へ願上候

〈一一四頁　由利三左衛門〉

東京市牛込早稲田南町九（ママ）番地　夏目金之助先生　侍史

但馬国豊岡町

由利三左衛門

御高著三四郎を拝誦して一種の快感にうたれ候　其時の感興忘れ難く半ば忘れ乍ら記し置候もの別封御送申上候「案山子」の迷羊に御座候　敢て批評とは申上げず、只単に迷羊迷羊に御座候　幸に御一瞥の栄を得ば光栄不過之候

中島国彦

1946年生まれ．早稲田大学大学院文学研究科博士課程修了．博士(文学)．早稲田大学文学学術院教授を経て，早稲田大学名誉教授．日本近代文学館専務理事．著書に『近代文学にみる感受性』(筑摩書房，1994，やまなし文学賞)，『夏目漱石の手紙』(共著，大修館書店，1994)ほかがある．「彼岸過迄」注解(『漱石全集』第7巻，岩波書店，1994)を担当．岩波書店『白秋全集』『荷風全集』編集委員．

長島裕子

1953年生まれ．早稲田大学大学院文学研究科博士前期課程修了．早稲田大学文学学術院非常勤講師．著書に『夏目漱石の手紙』(共著，大修館書店，1994)，『文章の達人・家族への手紙4 夫より妻へ』(編著，ゆまに書房，2004)，論文に「「高等遊民」をめぐって―『彼岸過迄』の松本恒三―」(1979)ほかがある．

漱石の愛した絵はがき

2016年 9月14日 第1刷発行
2016年12月26日 第3刷発行

編 者 中島国彦《なかじまくにひこ》 長島裕子《ながしまゆうこ》

発行者 岡本 厚

発行所 株式会社 岩波書店
〒101-8002 東京都千代田区一ツ橋2-5-5
電話案内 03-5210-4000
http://www.iwanami.co.jp/

印刷・精興社 製本・中永製本

ISBN 978-4-00-023732-1 Printed in Japan